KB024959

내가 좋아하는 것들

아
로
마

내가 좋아하는 것들

아로마

이민형 지음

스토리닷

차
례

그날
이후

햇살이 따뜻한 3월의 오후, 바람이 불었지만 차갑게 느껴지지 않아 곧 봄이 올 것 같았다. 아이의 예방접종을 하러 병원에 다녀오는 길이었다. 엄마가 운전을 하셨고, 나는 뒷자리에 앉아서 카시트에 앉은 아이와 창밖을 번갈아 보고 있었다. 따뜻한 햇빛을 맞고 있자니 코가 간질간질하여 재채기가 나올 것만 같았다.

오랜만의 외출이기도 했지만 날이 좋아 바로 돌아가기 아쉬웠다. 집에서 가까운 저수지 근처 음식점에 들러 점심을 먹고 차를 돌려 나왔다. 주사를 맞아서 그런지 그날따라 유난히 보채는 아이를 아기띠로 안고 달랬다. 모든 게 평화로운 날이었다.

저수지 옆길을 따라 울퉁불퉁한 비포장도로를 달릴 때였다. 갑자기 비행기 엔진 소리 같은 굉음이 들렸다. 차가 이상하다고 소리치는 엄마 말과 함께 차가 '부웅' 소리를 내며 무서운 속도로 내달렸다. 놀란 나는 한 손으로 아기를 감싸 안고 다른 손으로는 앞좌석을 잡았다. 몸이 흔들리지 않도록 버티려 했다. 그러나 안전벨트를 매고 있어도 차가 무섭게 흔들려서 몸이 미친 듯이 위아래로 흔들렸다. 마치 거인이 사정없이 흔들어 대는 깡통 속의 돌이 된 기분이었다. 속수무책이었다.

차는 길가에 서 있던 큰 나무를 들이받고 뒤로 튕겨져 나왔다. 그러고는 차체가 저수지쪽 낭떠러지에 걸쳐지면서 멈춰 섰다. 그러자 귀를 때리던 굉음도 함께 멈추었다. 차 앞쪽에서 아지랑이 같은 연기가 피어오르고, 엄마의 신음 소리, 아기 울음소리가 들렸다. 차문을 열고 나가려 했지만 팔에 감각이 없어 손을 전혀 움직일 수 없었다. 맞은편에서 오던 차에서 사람들이 달려왔다. 엄마가 말했다.

"뒤에 아기 먼저 꺼내 주세요!"

갑작스러운 사고였다. 정신을 잃을 것 같았지만 그럴 수 없었다. 우는 아기를 달래느라 엄마와 나는 자신을 살필 여유가 없었다. 병원으로 가는 구급차 안에서 비로소 내 오른손이 잘못되었다는 것을 알았다. 다행히 아기는 정수리에 상처가 조금 난 것 말고는 외상은 없어 보였다. 그러나 너무 놀란 탓에 좀처럼 울음을 멈추지 못했다. 엄마는 터져 나온 에어백에 각막이 찢어졌고, 나는 뇌진탕 증상과 손등과 손목 아홉 군데가 골절됐다. 아기가 다칠까 봐 온 힘을 다해 버틴 결과였다. 오른손이 다 부서진 것이다. 병원에서는 응급 수술을 받아야 한다고 했다.

수술실에 들어가기 전 아기에게 마지막 수유를 했다. 수술하면 마취제나 항생제 같은 약을 계속 주입해야 해서 더 이상 모유 수유를 할 수 없을 것 같아서였다. 오른팔을 움직일 수 없어 뒤늦게 도착한 아빠가 등 뒤로 옷자락을 잡아 주셨다. 아기는 한참 울다가 젖을 먹었다. 그리고 젖은 눈으로 나를 보다가 또 울었다. 연락을 받고 급하게 도착한 남동생에게 아기를 맡기고 나는 수술실로, 엄마는 처치실로 들어갔다. 그때 남편은 일본에 있어서 사고 연락을 받은 다음 날 병원에 올 수 있었다.

수술실에 누워서 마취가 되길 기다리는데, 그때서야 손과 팔에 통증이 느껴졌다. 귓가에는 아기 울음소리가 계속 맴돌았다. 여태까지 엄마와 떨어져 자본 적이 없는데 할머니도 엄마도 없이 아기는 어떡하지 걱정하고 있을 때였다. 그런데 그건 정말 아기가 우는 소리였다. 혹시 몰라서 아이도 엑스레이 촬영을 해달라고 요청했는데, 그 때 아이가 방사선실에서 울고 있던 거였다. 그날 새벽 아빠와 남동생은 우는 아기를 차에 태우고 잠들 때까지 아파트 단지를 돌았다고 한다. 다음날 만난 아기는 목소리가 나오지 않을 정도로 목이 다 쉬어 있었다. 엄마는 애를 더 울릴 수 없다며 그날로 퇴원하셨다.

살면서 겪었던 가장 큰 사고다. 우리가 탔던 차는 새 차였고 급발진이 원인이었지만, 사고 원인을 사고 당사자가 증명하라고 했다. 운전자가 브레이크 대신 가속 페달을 밟은 거라며. 우리는 뒤에 오는 차량도, CCTV도 없었기에 그렇지 않다는 걸 증명할 방법이 없었다.

엄마는 경력 30년의 무사고 운전자다. 천천히 비포장도로 위를 달리고 있었고, 블랙박스를 확인하니 우리는 웃으며 날씨 이야기를 하고 있었다. 사이코패스가 아닌 이상 딸과 손녀를 태우고 별안간 가속 페달을 밟을 일이 뭐가 있을까. 그러나 그날의 사고는 운전 미숙으로 결론이 났다.

여러모로 억울했지만 이미 일어난 일이고 우리는 살아남았다. 차가 멈추지 않고 저수지로 떨어졌다면, 인적 없는 비포장도로가 아니라 차량이 많은 도로 한복판에서 급발진이 일어났다면 우린 모두 죽을 수도 있었다. 엄마는 살아있음에 감사하자고 하셨다(사고가 난 지 한참이 지난 지금도 그때 어린 손녀가 겪었을 충격과 힘듦에 미안한 마음을 갖고 계시다).

아기가 첫 돌을 맞던 해 나는 입원, 수술, 퇴원을 반복하고 재활치료를 하며 일 년을 보냈다. 교통사고 이후의 삶이 얼마나 고통스러운지 온몸으로 느끼면서 말이다. 의사는 출산 이후 몸이 완전히 회복되지 않은 상태에 가해진 충격이라 더 힘든 거라고 했다. 게다가 손은 구조가 복잡해 회복이 되어도 이전처럼 기능을 할 수 없을 수도 있다고 했다.

부서진 뼈들을 고정시키는 핀을 박고 깁스를 했다. 오른손을 다치니 생활의 불편함은 말할 것도 없고 뼈에 박힌 핀들이 피부 밖으로 튀어나와 있어 무척 괴기해 보였다. 그 모습을 볼 때마다 힘이 빠지는 것 같았다. 이참에 양손잡이가 되어 볼까 장난스럽게 생각했지만 정말 손이 회복되지 못하면 어떡하나 걱정이 되었다.

너무 갑작스럽게 생긴 일이었다. 나는 생각보다 침착하게 잘 대응한 것 같다. 나보다 아이가 받았을 충격을 걱정하면서 그 상황을 그대로 받아들이려고 했다. 그러나 시간이 지날수록 내가 괜찮지 않음을 깨달았다. 아이를 생각하며 '빨리 회복하자' 스스로를 독촉만 했지 사실은 너무 놀라고 무서웠던 내 마음을 알아차리지 못했다. 주변에서도 '엄마니까 씩씩하게 이겨낼 거야', '우울할 새가 어디 있어?' '아이를 생각해서 나약해지면 안 되지'라고 했다. 위로의 말이고 힘내라는 뜻이었을 것이다. 그러나 그 말들은 되레 상처가 되었다. 나약한 마음이 올라올 때마다 '난 엄마로서 자격이 부족한가' 죄책감 비슷한 감정을 느꼈다.

당시 남편은 일본 유학 중이라 아기를 돌보는 일은 거의 친정에서 맡아 주는 상황이었다. 부모님께 고마우면서도 미안했다. 아기에게는 마음껏 안아 주지 못하고 다른 집처럼 부모가 함께 놀아 주지 못하니 미안했다. 그러면서 한편으로는 외국에 있는 남편이 원망스럽기도 했다. 그 모든 상황이 불편하게 느껴졌다. 난 좋은 딸도 좋은 엄마도 아니라는 죄책감에 하루에도 몇 번씩 우울했고, 그런 날은 마음이 온통 무너져 내렸다.

페퍼민트
오일과
만나다

통증을 없애는 방법은 간단했다. 전조 증상이 느껴지면 얼른 진통제 한 알을 삼키면 된다. 근본적인 해결은 아니지만 통증 없는 달콤한 몇 시간을 맛본 후 한 알로 시작한 진통제는 두 알, 세 알 늘어났고, 나중에는 그 이상을 먹게 되었다.

손이 조금씩 회복되어갈 때쯤 이번에는 두통 증상이 잦아졌다. 아침에 눈을 뜨면 다가올 두통을 걱정하며 하루를 시작할 정도였다. 잠까지 잘 못 자니 통증이 온 몸을 돌아다니며 존재감을 드러냈다. 진통제 부작용으로 몸이 붓고 피부가 망가졌다. 거울을 보면 도저히 예전 모습으로 돌아갈 수 없을 것 같았다. 몸이 아프면 마음이 가라앉고 우울하면 몸이 더 아팠다. 악순환이었다. 악순환의 고리가 점점 줄어들다가 언젠가 나란 존재를 점으로 만들어버릴 것만 같았다. 그렇게 나는 조금씩 쪼그라들고 있었고, 어느 날은 아예 소멸되면 좋겠다는 생각을 했다. 진짜 그랬다.

아이가 다섯 살이 되어 유치원에 들어갈 무렵이었다. '어느새 이렇게 컸지?' 훌쩍 커버린 아이의 모습을 보며 정신이 번쩍 들었다. 아이는 성큼성큼 자라는데 나만 제 자리에 머물러 있었다. 나도 아이처럼 성장하고 싶었다. 더 이상 진통제에 의지하지 않고 내 안의 힘을 키우겠다고 결심한 날이었다. 무엇보다 나를 둘러싼 100% 농도의 우울하고 무기력한 공기를 깨고 싶었다.

어쩌면 아프다는 것을 핑계 삼아 나의 무능함과 열등감을 감추려고 했는지도 모른다. 사고 이후 한 걸음도 나아가지 못했다는 사실을 깨닫는 데 참 오랜 시간이 걸렸다. 그래서 이제부터 뭐라도 해야겠다는 마음으로 용기를 내보기로 했다.

제일 먼저 호기롭게 헬스장을 찾았다. 그러나 내 몸은 준비되지 않았다. 간단한 자세도 취하지 못해 좌절만 맛보았다. 의욕만 앞섰던 탓이다. 다른 운동으로 뭘 할 수 있을까 고민하다 선택한 게 걷기였다. 매일 나가 걸었다. 몸뿐 아니라 마음의 힘도 키우고 싶어 상담을 받았고, 도움이 될 만한 심리학 책들도 열심히 찾아 읽었다. 그렇게 조금씩 의욕을 내던 어느 날 지인에게서 작은 갈색 병 하나를 건네받았다.

"민희씨, 두통에 사용해 봐."

아이가 코감기로 잠들기 힘들어 할 때 사용하던 아로마 오일과 향이 아주 비슷했다. 화장솜에 떨어뜨려 향을 맡으면 막힌 코가 뻥 뚫려서 나도 가끔 쓰던 익숙한 향이었다. 지인이 건네준 건 페퍼민트 오일이었다. 당시 미국 사이트에서 구입해 사용한 건 호흡기에 좋은 오일들을 블렌딩한 제품이었는데, 그 안에 페퍼민트 오일이 있어서 향이 익숙했던 것이다.

블렌딩(blending)이란 말 그대로 '섞는다'는 뜻이다. 아로마테라피에서 아로마 오일들을 블렌딩하여 사용하는 경우가 많다. 아로마 오일은 한 가지 오일을 단독으로 사용해도 효과를 볼 수 있다. 그러나 신체 또는 정신적 문제의 원인이 한 가지 이상인 경우 자신의 컨디션에 도움이 되는 오일을 두세 가지 블렌딩해서 사용하면 효과는 배가 된다. 한 가지 오일에 없는 효능을 다른 오일이 채워 주어 상승 효과를 내기 때문이다.

지인의 설명에 따르면 페퍼민트 오일을 머리에 바르면 두통이, 명치에 바르면 체기가, 향을 흡입하면 비염이 나아진다고 했다. '뭐야? 만병통치약이야?' 하고 웃었지만 어쩌면 매일 먹는 진통제를 대체할 수 있지 않을까 하는 생각도 들었다. 그렇게 반신반의하며 사용했던 페퍼민트 오일이 지금 내가 하고 있는 일의 시작이 될 줄은 꿈에도 몰랐다.

페퍼민트 오일은 심리적인 피로감을 줄여 주는 강력한 도구였다. 신선하면서 시원한 페퍼민트 향을 맡으면 순간 기분전환이 되어 하루를 상쾌하게 시작할 수 있었다.

내가 했던 방법은 이랬다. 페퍼민트 원액을 왼손 바닥에 한 방울 떨어뜨리고 오른손 약지로 콕콕 찍어서 헤어 라인을 따라 발라 준다. 그리고 또 한 방울은 아몬드 오일에 섞어 목 뒤와 어깨에 발라 마사지해 준다. 약 5분 정도 지나면 오일을 바른 자리가 시원해지면서 마치 누가 내 무거운 머리를 들어 올려 주는 듯 편안해지고, 어깨에는 날개라도 단 듯 가벼운 기분을 느낄 수 있었다. 뭐, 과장된 표현이기는 하지만 밤 사이 묵직하게 경직되었던 머리와 목, 어깨가 한결 시원해진 것은 틀림없는 사실이다.

두통 다음으로 괴로운 건 불면증이었다. 딸아이가 그리는 내 얼굴은 항상 눈 아래가 시커멨다. 얼굴도 살구색이 아니고 꼭 갈색을 섞어 칠했다. 슬프지만 낯빛이 정말 그랬다. 아무리 피곤해도 잠들 수 없을 때의 고통이란. 한두 시간마다 깼다 잠들기를 반복하다 아침이 되면 몸이 천근만근 무거웠다. 낮 동안도 피곤이 이어졌다.

라벤더 오일이 불면증과 스트레스에 좋다고 해서 당장 구입했다. 그런데 향이 문제였다. 불면증에 효과가 있어도 나는 그 향이 편하지 않았다. 라벤더 오일이 진정 효과를 내면서 혈압을 낮춰 주는 작용 때문인가. 평소에도 텐션이 높지 않은 성격 때문인지 혈압이 낮은 편이어서 그런 건지, 라벤더 오일을 사용하면 오히려 몸이 더 무겁게 느껴졌다. 다시 말해 향을 맡으면 기분이 더 가라앉는 느낌이었다.

다른 향을 찾아야 했다. 라벤더 오일을 대체할 향으로 스위트 마조람 오일과 로만 캐모마일 오일이 있었다. 시향을 해 보니 로만 캐모마일 향이 더 끌렸다. 코를 때리는 묵직한 향. 하지만 그 안에서 향긋한 과일향, 특히 풋사과 향이 느껴져서 나쁘지 않았다. 기분 좋게 안정되는 느낌이었다. 미지근한 물로 샤워를 하고 베갯잇에 로만 캐모마일 오일을 한두 방울 떨어뜨렸다. 누워서 가만히 눈을 감고 향을 맡으며 심호흡을 했다. 그렇게 심호흡을 하다 보면 잠이 들었다.

몇 개월 동안 페퍼민트 오일을 사용하면서 매일 먹던 두통약을 먹지 않아도 편안하게 지나가는 날이 하루 이틀 늘기 시작했다. 컨디션이 좋은 날은 걷는 시간도 늘렸다. 그런 날은 또 잠도 잘 잘 수 있었다. 그렇게 진통제를 줄여 나가다 일 년이 지나자 두통 때문에 진통제를 먹는 날이 한 달에 한 번도 되지 않을 정도로 크게 호전되었다. 불면증도 그렇다. 불면증이 하루아침에 갑자기 사라진 것은 아니었다. 그러나 두통이 조금씩 잦아든 것처럼 아로마 향은 내 기분을 조금씩 올려 주었고, 몸을 움직일 의지를 갖게 해 운동을 했다. 결과적으로 잠드는 시간도 점차 늘어났다.

신기했다. 대체 아로마 오일의 어떤 성분이 어떻게 작용한 걸까. 식물의 치료 성분이 약의 재료로 사용되고 있다는 것쯤은 알고 있었지만 직접 경험해 보니 아로마 오일은 뭐고 아로마테라피는 뭔지 궁금해졌다. 그리고 이 때의 경험은 아로마테라피를 숙명으로 생각하는 계기가 되었다.

가장 절망적일 때 문제 해결 방법을 찾다가 평생 하고 싶은 일을 만났다. 지금 돌아보면 위기가 기회란 말이 맞았다. 그 덕분에 여유가 조금 생겼을까. 물론 지금도 어려운 일이 닥치면 놀라고 허둥대지만 조금 진정되면 이런 생각을 한다.

'이 일은 내게 또 어떤 기회를 주려는 걸까?'

시간을
만드는
일

아이를 유치원 통원버스에 태워 보내고 부지런히 발길을 돌려 가는 곳이 있었다. 바로 근처 커피숍이다. 오전에는 사람들이 거의 없는 한적한 곳이었다. 커피와 샌드위치를 주문하고 가장 구석진 자리에 앉아 책을 꺼내 읽기 시작한다. 과학, 심리학, 식물학, 생물학, 인문학, 소설 등 분야를 가리지 않고 마음 내키는 대로 읽었다. 책에 푹 빠져 시간을 보낸 다음에는 아로마테라피 공부를 시작했다.

매일매일 커피숍으로 출근해 9시부터 12시까지 누구의 방해도 받지 않고 하루 세 시간씩 보냈다. 아이가 일곱 살이 될 때까지 계속된 루틴이었다. 어쩌면 시간을 보냈다기보다 차곡차곡 쌓아 나갔다는 게 맞는 표현인 것 같다. 그 세 시간만큼은 하루 중 유일하게 나에게 집중할 수 있는 시간이었다. 가끔 커피숍에서 지인과 마주치면 혼자 뭘 하느냐는 질문을 받았다. 친정 엄마한테서는 굳이 가정주부가 매일 커피숍에 가서 돈 쓸 일이 뭐냐는 핀잔을 들었다. 설명하기도 귀찮고 말한들 이해할까 싶어 '그냥'이라고만 대응했다.

사실 아이를 유치원에 보내고 집으로 돌아오면 눈앞에는 봐줄 수 없는 풍경이 펼쳐져 있다. 아침 먹고 난 설거지, 쌓인 빨래, 어질러진 옷가지와 아이 장난감들이 끝도 없이 널브러져 있다. 그

꼴을 보면 그대로 둘 수가 없다. 아니, 그 꼴을 두고 스위치 켜듯 다른 일에 몰입하는 건 불가능했다. 대충이라도 정리와 청소를 끝내면 반나절이 지나가고, 커피 한 잔 하며 한 숨 돌리면 아이가 돌아오는 시간이다. 하지만 집으로 돌아가지 않고 그대로 커피숍으로 가면 상황이 달랐다. 나에게 집중할 수 있는 나만의 시간과 공간이 생겼다. 하루 만 원으로 커피와 시간과 공간이 생기는데, 그 어떤 임대료보다 싸다고 느꼈다. 나에게는 공간이 주는 힘이 그 정도로 컸다.

시간도 마찬가지다. 아이가 없는 황금 시간, 그 소중한 시간을 집안일을 하면서 보내는 것이 아까웠다. 그래서 중요한 일, 하고 싶은 일을 하고 난 뒤에 시간이 남으면 집안일을 하기로 결정했다. 돌이켜 보면 이건 가장 잘한 생각이다. 그 때 지켜온 시간들이 쌓이고 쌓여 지금의 내가 되었기 때문이다. 대단한 내가 되었다는 말이 아니라 '하고 싶은 일을 하고 있는 내'가 되었다는 뜻이다. 그때 미래를 준비하는 시간이 없었다면 지금도 그때와 같은 생활을 하고 있을 것이다. 그 일이 가치 없냐 묻는다면 그렇지는 않다. 다만 내게 집안일과 육아가 대단히 보람차고 만족을 주는, 즉 자존감을 올려 주는 일이 아닐 뿐이다. 이건 아이를 사랑하는 것과는 별도의 문제다.

과거의 내가 그랬듯 혹시 육아로 일을 쉬거나 미래를 고민하고 있다면 시간을 만드는 일을 추천한다. 아이가 어린이집, 유치원에 갔을 때 혼자 있는 시간을 적극 확보해서 하고 싶은 일을 하고 나머지 자투리 시간에 집안일을 하는 것. 공부를 하든 자격증을 따든 미래를 위한 준비를 해 둬야 아이가 사회생활(학교)을 시작할 때 엄마도 함께 시작할 수 있더라. 그러니 이때는 내가 하고 싶은 게 뭔 지, 잘하는 게 무엇이고 어떻게 살고 싶은지 스스로에게 묻고 고민하는 치열한 시간을 가져 봐도 좋다.

　잡지사에 다닐 때 외부 원고를 모으는 일도 내가 맡은 일 중 하나였다. 해외 특파원 중 박사 과정의 유학생이 빠듯한 생활에도 여행을 자주 다니는 모습이 여유 있어 보여 부러웠나 보다. 대화 중 연신 부럽다며 난 시간이 없어 못한다는 핑계를 댔다. 그러자 그는 단호하게 말했다.

　"시간은 만드는 거예요."

　그 말이 맞았다. 시간은 만드는 거였다. 시간이 없어 못한다는 핑계보다 시간을 만들어 뭔가 하는 쪽이 훨씬 능동적이고 멋지다. 지금은 코로나 때문에 시간을 만드는 일이 힘들게 느껴져도 곧 어떤 식으로든 방법을 찾을 수 있을 것이다.

　내가 만들어 놓은 시간에, 가장 하고 싶었던 일은 아로마테라피 공부였다. 책에서 배운 내용을 내 몸에 직접 적용하면서 나름 임상 실험도 해 보고, 오일을 오남용했을 때 나타나는 부작용마저도 즐기며 아로마 오일들에 푹 빠졌다. 아로마 에센셜 오일의 효능과 효과를 하나하나 느끼면서 알아가니 아로마테라피의 매력에 더 빠져 들었다. 공부가 이렇게 재미있을 일인가 싶을 정도로 그 시간이 좋았다. 무엇보다 각각의 식물이 가진 고유한 치유 능력이 사람 몸에서도 비슷하게 작용한다는 점이 무척 흥미로웠다.

때로는 아로마 오일을 증상에 맞게 블렌딩하고, 목적에 따라 제품을 만들어 가족이나 친구들에게 선물했다. 그러나 독학으로 공부하다 보니 이해가 안 되거나 궁금한 것들이 늘어났고 물어볼 데가 마땅치 않아 답답했다. 당시 국내에 번역된 책은 종류도 많지 않고 오래되어 최신 임상 자료는 인터넷에서 뉴스나 논문을 찾아 읽어야 했다. 아로마 오일을 판매하시는 분께 궁금한 걸 물어도 해소가 되지 않던 그때, 마음 깊은 곳에서 소리가 들렸다. '지금이야. 전문적인 교육을 받고 싶어.'

이왕 공부할 거면 높은 수준의 자격을 갖춘 아로마테라피스트가 되고 싶었다. 물론 자격증을 딴다고 자연스레 최고의 자리에 오르는 것이 아니란 것을 잘 알고 있다. 자격증이나 학위는 자격을 갖추고 활동을 하는 데 필요한 최소의 조건이고, 제대로 실력을 갖춘 전문가가 되기 위해서는 끊임없이 공부하고 연구해서 얻어내야 한다는 걸.

아로마테라피스트로서 활동할 수 있는 공신력 있는 자격을 얻기 위해 알아본 결과, 최초의 아로마테라피협회를 만든 영국 기관에서 주관하는 자격시험이 있었다. 합격하면 국내뿐 아니라 해외 다른 나라에서도 활동할 수 있는 자격을 얻을 수 있다. 그 자격시험을 목표로 본격적으로 교육을 받았다. 수업이 없는 날은 아이를 학교에 데려다 주고 그 길로 도서관에 가서 공부를 했다. 이제 커피숍이 아니라 도서관으로 출근한 거다.

아로마테라피 이론은 아로마 에센셜 오일과 식물성 오일이 추출되는 식물의 학명을 외우는 데서 시작한다. 그리고 각 오일의 특징, 약리적 효능, 화학적 구성 성분, 주의해야 할 점을 모두 알고 있어야 한다. 공부할 게 이렇게 많다고? 그저 즐겁고 얕게 공부하던 나는 제대로 공부를 시작하면서 과연 자격증을 따는 게 가능한 일일까, 몇 번이나 반문하며 괴로워했는지 모른다.

"하고 싶은 것만 하고 살아야지 했는데, 정말 하고 싶은 일을 위해서 하기 싫은 일들도 견뎌야 된다는 걸 알게 됐다. 그러고 보니 인생이 다 그렇다."

그날 일기장에 적은 글이다.

Omne initium
est difficile

모든
시작은
어렵다

아로마테라피스트를 향한 긴 여정에서 첫 번째 난관은 '식물의 학명'을 외우는 일이었다. 시험을 볼 때 식물의 일반명이 아닌 학명을 적어야 했기에, 앞으로 약 100가지 식물의 '라틴어' 학명을 외워야 했다. 라틴어는 뭐랄까, 해리포터에 나오는 마법 주문이 떠올랐다. 예를 들어 로즈 제라늄(Rose Geranium)의 학명은 '펠라르고니움 그라베오렌스(*Pelargonium graveolens*)'다. 난 해리포터처럼 검지 손가락을 공중에 휘두르며 외쳤다.

"펠라르고니움! 그라베오렌스!"

크게 외쳤다. 하지만 외울 수 없었다. 열 번을 외쳐도 마찬가지였다. 야속하게도 내가 외친 단어들은 먼지처럼 공중으로 흩어졌다.

일본에서 처음 일본어를 볼 때도 비슷한 느낌이었다. 신혼 생활을 시작하기 위해 막 도쿄에 도착한 나는 간판에 적힌 일본 문자 '히라가나'와 '가타카나'를 보며(심지어 그 둘을 구분하지도 못했다), '저건 그림인가, 문자인가' 하며 허허 웃었던 장면이 떠오른다. 난감한 마음에 터져 나오는 그런 쓸쓸한 웃음이었다. 하지만 그곳에서 살기 위해서 말은 못해도 적어도 글은 읽을 수 있어야 했기에 결국 외웠고, 마침내 읽고 쓰게 되었다.

라틴어도 그렇겠지. 지금은 못 외워도 결국 외우게 되겠지. 그런데 그 때는 십 년 전이었고 이후 수술하느라 네 번이나 전신 마취를 했으니. 그 스트레스 때문인지 출산 때문인지 나의 기억력은 현저히 나빠졌다고 믿고 있었다. 당연히 암기에 자신감이 떨어졌다(의학계에서는 전신 마취와 기억력 저하에는 상관관계가 없다고 합니다만).

도서관에서 공부를 시작하기 전 30분은 학명을 외우려고 애썼다. 그런데 정말 한 단어도 외워지지 않는 거다. 라틴어가 너무 생소한 언어라 그런지 처음 며칠 동안은 '아예' 외워지지가 않았다. 아, 아로마테라피스트의 꿈은 여기서 끝나는 건가? 시작과 동시에 좌절에 빠졌다. 다른 방법을 찾아야 했다.

집에서 도서관을 오가는 데 왕복 50분의 시간이 걸렸다. 종이를 반으로 접어 왼쪽은 식물의 일반명, 오른쪽은 학명을 적어 늘 손에 들고 다녔다. 특히 도서관을 오가며 소리 내어 외웠다. 왼발에 '펠라르고니움!' 오른발에 '그라베오렌스!', 한 걸음 한 걸음 단어를 내뱉으면서 걸었다. 다른 사람들 눈에 이상하게 보였을까? 합격이 절실했던 나는 그 시선들을 신경 쓸 여유가 없었다. 그렇게 몸을 쓰면서 단어를 외우니 조금씩 머릿속에 입력이 되었다. 두 달이 지나자 손에 들고 다니던 종이는 너덜너덜해졌고, 식물 100개 중 아주 헷갈리는 두어 개 단어를 빼고는 모두 암기하였다. 학명을 떠올릴 때마다 왼발, 오른발에 차례로 힘이 들어가는 부작용이 남았지만, 뿌듯하고 기뻤다. 노력하면 된다!

나중에 친구에게 내가 이렇게 라틴어를 외우느라 애썼다고 말하자 아주 잘한 거라고 했다. 뇌는 두 가지 일을 한꺼번에 할 때 더 중요한 일을 기억하는 시스템이란다. 정말 그런 것 같다. 가끔 무작정 걷거나 산책을 하다 보면 복잡한 머릿속이 정리되거나 고민하던 문제를 해결할 만한 아이디어가 반짝 떠오르는 경험이 있지 않나. 문제가 있다면 자리에 앉아서 고민할 게 아니라 밖으로 나가 산책을 하거나 가벼운 운동을 하는 게 방법인 것 같다. 복잡할 때는 몸을 움직이는 게 최고다. 그다음은 뇌에게 맡겨 보자.

사실 모든 언어가 그렇듯 라틴어도 어원이나 뜻을 잘 이해하고 외웠다면 더 수월했을지 모른다. 그런 요령 없이 줄창 외워만 댔으니……. 안 그래도 잦은 수면 마취로 기억력이 떨어진 사람이 얼마나 힘들었겠는가 말이다.

시험이 끝나고 한참 후에 식물과 학명을 매칭하면서 정리를 했다. 역시 순수한 공부는 즐거운 법인지 그 작업이 정말 재미있었다. 한국은 장미를 '장미'라 부르지만 영어권에서는 '로즈(rose)', 일본어로는 '바라(バラ)'라고 한다. 이처럼 식물이 제각각 그 나라의 언어로 불리다 보니 전 세계 어디에서나 알 수 있는 공용어가 필요했고, 스웨덴의 식물학자 린네(Carl von Linné, 1707~1778)가 지금의 식물 명명법 체계를 만들었다.

학명을 짓는 데는 몇 가지 규칙이 있다. 먼저 식물의 이름을 속명, 종명 순으로 적고 라틴어로 된 이름을 붙인다. 표기는 기울인 서체로 적어야 하며, 속명의 첫 글자는 대문자로 나머지는 소문자로 적는다.

예를 들어 스위트 오렌지(Sweet orange)의 학명은 '시트러스 시넨시스(*Citrus sinensis*)'다. '*Citrus*'는 속명으로 이 과일이 '시트러스 계(감귤류)'라는 것을 의미하고, 뒤의 '*sinensis*'는 종명으로 '중국의'라는 뜻의 라틴어다. 즉, 시트러스 시넨시스는 중국에서 온 감귤류의 과일을 뜻한다. 이 학명에서 최초의 원산지가 중국임을 짐작할 수 있다. 이번엔 파인 스카치(Pine scotch)를 알아 보자. 파인 스카치 오일을 추출하는 구주소나무의 학명은 '피누스 실베스트리스(*Pinus sylvestris*)'이다. 속명인 '*Pinus*'는 '소나무과'라는 뜻이며, 종명인 '*sylvestris*'는 '삼림지대의'라는 형용사다. 즉 '숲에서 자라는 소나무'라고 해석할 수 있겠다.

하나만 더 알아보자면, 처음에 마법 주문처럼 외웠던 로즈 제라늄(Rose Geranium)은 '펠라르고니움 그라베올렌스(*Pelargonium graveolens*)'라는 학명으로 불린다. 속명인 '*Pelargonium*'은 고대 그리스어 '*Pelargos*'에서 유래된 말로 '황새'란 뜻을 가졌다. 로즈 제라늄의 씨앗이 황새 부리를 닮았다고 해서 붙여진 이름이라고 한다. 종명인 'graveolens'는 '강한'이란 뜻의 'grave'와, '향'이라는 뜻의 'olens'가 합쳐진 말이다. 로즈 제라늄의 라틴어 학명은 '황새 부리 모양 씨앗의 식물로 강한 향을 지녔다'라고 해석할 수 있다. 실제로 로즈 제라늄 오일은 벌레가 가장 싫어하는 향 중 하나로 여름철에 모기 기피제를 만들 때 함께 넣으면 효과가 좋다. 우리나라에서는 로즈 제라늄을 모기를 쫓는 풀이라는 뜻의 '구문초'라고 부른다. 방충 효과가 뛰어나기도 하지만 옛날부터 악령을 쫓는다 하여 유럽에서는 창가에 로즈 제라늄 화분을 두고 키우는 모습을 쉽게 볼 수 있다.

라틴어를 조금이나마 배워두면 식물의 모습, 원산지, 특성 등을 유추할 수 있다. 이렇게 이해하게 된 것은 유감스럽게도 아로마테라피 공부를 시작한 이후로도 한참 뒤에 리처드 버드의《정원사를 위한 라틴어 수업》이라는 책을 읽으면서부터다. 자격증을 갖게 되면 공부도 한 단락 지어질 거라 생각했는데 그게 아니었다. 자격증을 딴 이후가 본격적인 시작이라는 걸 깨닫게 된 것이다. 갈 길이 멀었다. 앞으로도 공부할 게 깨알같이 많다는 사실을 확인하고 다시 한번 심호흡을 했다.

수험생을
위한
아로마

뇌 과학자이자 후각 연구 전문가인 문제일 교수의 책《나는 향기가 보여요》에서 "우리의 뇌는 후각의 자극이 더해지면 훨씬 더 효과적으로 정보를 저장한다."고 한다. 후각이 변연계뿐 아니라 전두엽까지 활성화해 더 높은 차원의 인지능력에까지 영향을 미친다는 것이다. 그렇다면 우리는 향을 좀 더 똑똑하게 이용해 볼 필요가 있지 않을까?

내 인생에서 최고의 집중력을 발휘했을 때는 아로마테라피스트 자격시험을 앞두었을 때다. 아로마 에센셜 오일과 식물성 오일에 관한 정보뿐 아니라 해부학, 임상병리학을 비롯해 마사지 실습까지 외워야 할 것들이 산처럼 쌓여 있었다. 한두 번 실패할 것을 감안하고 시험 합격까지 공부기간을 대략 3년으로 잡았지만 공부를 하면 할수록 '이건 길게 끌 게 아니다!'라는 깨달음이 왔다. 고통의 시간을 짧고 굵게 보내야겠다 마음먹었다.

아로마테라피 이론을 공부하면서 집중력과 기억력에 영향을 주는 에센셜 오일들을 알게 되었다. 어떤 향들은 직접적으로 집중력을 높이는 데 도움이 되고, 또 스트레스와 긴장, 불안 같은 부정적인 감정을 없애 간접적으로 집중력을 높여 주는 향도 있다.

내게 절실한 건 능력과 노력, 의지력 그 이상의 어떤 힘이었다. 그것을 아로마 오일의 향에서 빌려올 수 있었다. 이건 요행이라기

보다 내가 배운 것을 직접 활용해 볼 수 있는 좋은 기회라고 생각했다. 네 번의 전신마취로 형편없게 된 집중력과 기억력을 정수리 끝까지 끌어올리고 뇌를 부스팅해 줄 마법의 물약, 그건 바로 '수험생 오일'이었다. 굉장한 효과를 가진 것 치고 소박한 이름이지만 이것 말고 적당히 떠오르는 이름이 없다.

집중력과 기억력을 높이는 데 효과가 좋은 아로마 향들은 이미 국내외 여러 실험으로 입증되었다. 그 주인공은 레몬, 로즈마리, 페퍼민트 오일들이다. 이 세 가지 오일을 블렌딩해 '수험생 오일'이라는 이름을 붙였다. 실제 학생들을 가르칠 때 공부하면서 사용해 보라고 권하기도 했다. 그 학생들에게서 직접적인 결과를 확인할 수는 없었지만 이 오일들은 이미 검증된 임상 데이터가 있다('수험생 오일' 향을 맡으며 공부해서 성적이 오르면 선물을 주겠다고 했는데 중1 그룹은 시험이 없어 효과를 확인하지 못했고, 중3 학생들은 괜찮다고 거절해 역시 확인을 못했다).

아무튼 이 세 가지 오일을 나만의 황금 비율로 블렌딩하고 호호바 오일에 희석해 갈색 병에 담았다. 그리고 비장한 마음으로 라벨을 붙였다. 그 블렌딩 오일의 이름은 '합격'이었다. 어떠한 은유나 비유도 없이 그저 간절함을 담은 직관적인 네이밍이었다. 공부를 시작하기 전에 목 뒤와 어깨, 손에 발라 마사지를 하고 손바닥에 남은 향을 깊게 흡입했다. 그리고 '한 번에 합격한다'라고 나즈막이 읊조렸다. 자기 최면이랄까. 나는 그 해 한 번에 합격했다.

수험생 오일인 레몬, 로즈마리, 페퍼민트 오일은 향의 강도를 고려해 섞어 만들면 된다. 위에서 황금 비율이라고 표현했지만 사실 제일 효과적인 블렌딩은 향을 맡아보고 자신이 좋아하는 향의 비율을 높이면 된다.

레몬 껍질을 세척해서 압착하면 물과 기름으로 나뉜다. 아래의 물은 화장품이나 음료수에 사용되고, 위의 기름층은 테라피용 아로마 오일이나 향수에 들어가는 향료로 쓰인다. 미국에서는 레몬 향을 넣은 주방 세제가 아주 유명해 그 향을 맡으면 그 주방세제를 떠올렸다고 한다. 그래서 향수에는 잘 사용하지 않는다는 비운의 주인공이다. 하지만 레몬 오일은 장점이 많다. 시트러스 오일들 대부분이 기분을 전환시키는 항우울제 역할을 한다. 레몬 오일역시 뇌를 기분 좋게 자극해 활력을 주고 스트레스를 낮춰 준다. 그래서 우울하거나 부정적인 생각이 들 때 권하는 향이기도 하다. 레몬의 차가운 성질은 뇌가 피로하지만 집중해야 할 때 효과적이고, 합리적인 판단을 할 수 있게 해 준다. 또한 레몬 오일은 많은 사람들이 좋아하는 향이어서 큰 거부감 없이 사용할 수 있다. 특히 업무 공간이나 공부하는 학생들의 공간, 자동차 안에서 발향시키면 능률을 올려줄 것이다. 양모에 떨어뜨려 옆에 두고 향을 맡거나, 정제수에 희석해 스프레이 용기에 넣어 뿌려 주면 집중력도 높이고 탈취 효과도 있다.

로즈마리 오일의 학명은 '로즈마리누스 오피시날리스(*Rosemarinus officinalis*)'다. 속명인 로즈마리누스는 '바다의 이슬'이라는 뜻으로 로즈마리가 해안 근처에서 자라는 것을 의미하며, 종명에 붙은 오피시날리스는 과거부터 의학적으로 사용되었음을 의미한다. 로즈마리는 고대 이집트, 그리스, 로마 시대에 종교 의식에 사용된 성스럽고 귀한 향료 식물 중 하나였다. 수세기 동안 각성제 또는 강장제로 사용되어 왔으며, 히포크라테스 같은 고대 의학자들은 로즈마리 향을 적극 추천했다. 말린 로즈마리 허브를 태워서 병균으로부터 감염을 예방했다는 기록도 있다. 로즈마리 오일은 집중력과 기억력을 개선하는 데 사용되었으며, 자신감을 높이고 강한 동기부여를 갖게 해 준다. 특히 창조적인 일을 할 때 영감을 준다고 하니 창의력이 필요할 때 로즈마리 향을 꼭 사용해 보길 권한다.

로즈마리는 나폴레옹이 가장 좋아했던 향으로도 유명하다. 전쟁 중 전략을 짤 때 로즈마리 화분을 곁에 두고 항상 향을 맡았으며, 작은 키 때문에 생긴 열등감을 극복하고 자신감을 갖는 데도 로즈마리 오일을 이용했다.

로즈마리 향을 맡은 학생과 아무 향도 맡지 않은 학생들을 비교한 실험에서 로즈마리 향을 맡은 학생들의 성적이 더 높게 나왔고, 기억력 테스트에서도 점수가 더 높았다. 아로마 램프에 떨어뜨려 향을 확산시키거나 휴대용 흡입기(인헤일러)에 담아 수시로 향을 맡아도 좋다. 다만, 로즈마리 오일의 향은 매우 강해서 소량만 사용해도 효과적이다.

페퍼민트는 로즈마리와 마찬가지로 동기부여와 자신감을 갖게 하는 데 효과적이다. 자존감이 떨어지거나 걱정이 있는 사람들에게 추천하는 향이다. 페퍼민트 오일 향은 정신적 피로감을 줄여 주고 집중력과 기억력을 올려 주므로 목표를 세웠을 때 눈앞에 집중할 수 있도록 한다. 집중력과 열정을 고조시켜 끝까지 나아갈 수 있게 도와주는 향이다.

레몬, 로즈마리, 페퍼민트의 조합은 신경계에 미치는 긍정적인 효과가 많다. 자신감이 떨어졌을 때, 앞으로 나아가는 동력을 잃었을 때 그래서 자존감이 무너졌을 때, 목표에 집중하여 나아갈 힘이 필요한 사람들에게 꼭 필요한 마법의 물약이다.

엄마에서
사업가로

공식적인 아로마테라피스트가 되고 앞으로의 방향에 대한 고민이 시작되었다. 공방을 차릴까, 지금처럼 외부 강의만 할까, 아니면 제품을 만들어 판매해 볼까. 모든 게 쉽지 않을 것 같았다. 무엇보다 어떤 일이 내게 더 잘 맞을지 갈피를 잡지 못한 채 고민만 이어졌다.

어느 날 길을 가던 중 '일자리창조 허브센터'라는 간판이 눈에 띄었다. 무심코 안으로 들어갔다. 누구도 날 오라고 하지 않았지만 마치 불려간 듯 자연스럽게 들어갔다. 정보라도 얻어 보자 하는 마음이었다. 직원에게 '경력단절 여성이고, 이제부터 내 일을 시작하려 한다. 이곳은 내게 어떤 도움을 줄 수 있나' 묻자 담당자를 불러 주었다. 창업을 담당하는 분이었다. 곧 창업 관련 교육이 있는데 알고 온 거냐 물었다. 그리고 두 달간 교육을 받으면 다음 달에 열리는 여성창업 지원사업에 지원할 때 가점을 받을 수 있다는 것이다. 교육을 받을 때는 사업 아이템을 어느 정도 구체화하면 더 도움이 될 거라 했다.

창업이라. 공방이든 창업이든 시작을 어떻게 해야 할지 몰라 막막했는데 도움이 될 것 같았다. 우연히 얻게 된 한 줄기 단비 같은 정보였다. 교육은 사업계획서를 쓰는 법부터 창업 시 필요한 회계지식, 마케팅 방법, 온라인 쇼핑몰 만드는 법 등 어느 것 하나 버릴 것 없는 커리큘럼으로 구성되어 있었다.

　교육을 받으면서 나만의 '브랜드'를 만드는 쪽으로 마음이 기울었다. 두 달 간 교육을 마치자 내 앞에는 사업계획서가 하나 놓여 있었다. 누가 봐도 아마추어 같은 허점투성이 계획서지만, 머릿속에서 맴돌던 아이디어를 구체화했다는 점이 뿌듯했다. 우선 창업 지원 사업에 도전해서 지원금을 받아 일을 시작해 보고 싶었다. 지원 사업에 낼 사업 아이템은 '아로마테라피 DIY 키트'였다. 키트의 이름은 '봉봉bonbon'. 봉봉은 불어로 '작고 동그란 사탕' 또는 '초콜릿'이란 뜻이다. 현대인들이 얼마나 바쁘고 고단한가. 스트레스는 말할 것도 없다. 봉봉은 그 길고 힘든 하루의 끝을 아로마 향으로 달달하게 보냈으면 하는 바람을 담아 만든 이름이었다. 세상에는 향을 즐기는 법이 다양하지만 이런 방법도 있다는 걸 알려주고 싶었다. 식물에서 추출한 건강한 향과 식물의 치유적인 힘 말이다. 집에서 즐기는 아로마테라피이기에 즐기는 방법은 쉽게, 보는 즐거움도 있어야 하니 귀엽게 만들고 싶었다.

　사업계획서에는 아이템을 보여 주는 그림, 즉 제품을 구체적으로 기획한 디자인 작업이 필요했다. 욕조 가구 회사에서 오랫동안 디자이너로 일하고 있는 남동생에게 부탁했다. 늘 퇴사하고 자기 사업을 하고 싶다고 입버릇처럼 말해 왔던 동생이다. 그래서인지 창업을 향한 갈망을 내 제품에 투영한 듯 기대를 뛰어 넘는 작업을 해주었다. 그러고는 부담스러울 정도로 연신 부럽다고 하였다. 당시 나는 이룬 것이 아무것도 없었지만 뭔가 새로 시작한다는 점이 다른 이들에게 설렘을 선사했던 것일까. 잘 모르겠다. 하지만 가족을 비롯한 주변 사람들이 응원해 주었고 도와주었다. 특히 친정 엄마는 내가 교육을 받거나 일을 하는 동안 기꺼이 아이를 돌봐 주셨다. 그건 그 무엇으로도 헤아릴 수 없는 가장 큰 도움이었다. 가정주부가 집 놔두고 커피숍에서 돈 쓴다는 잔소리하실 때 섭섭하던 마음이 싹 다 잊힐 정도로 감사가 차올랐다.

창업지원 사업에 선정되면 돈을 받는다. 지원비의 용도는 오로지 창업 과정에만 사용해야 하는데, 주로 제품 개발비, 재료비, 홍보비, 교육비 등으로 사용할 수 있다. 사업계획서와 지원서를 작성해 내고 나니 후련했다. 결과와 상관 없이 일을 잘 마무리했다는 것만으로도 기분이 좋았다.

이윽고 서류 심사 결과가 발표되었다. 합격이었다! 뛸 듯이 기뻤다. 이제 일주일 뒤 대면 심사에서 발표할 자료를 준비해야 했다. 기쁨도 잠시, 곧 두려운 마음이 몰려 왔다. 심사 위원들 앞에서 발표를 해야 하다니. 상상만으로 긴장되어 도망가고 싶었다. 결혼, 출산, 교통사고, 육아. 10년 동안 사회생활을 멈췄더니 아주

사소한 일도 큰 용기를 내야 했다.

'피하면 앞으로 더 나아갈 수 없다.' 도망가고 싶은 마음을 다잡으며 파워포인트를 열었다. 부끄럽지만 파워포인트도 거의 처음이었다. 유튜브를 보며 더듬더듬 자료를 만들었다. 포토샵이니 파워포인트니 진즉에 배워 놓지 않은 나 자신을 질책하며. 발표 자료를 만들어 가장 친한 친구네로 갔다. 직장에 다니는 친구 부부는 기꺼이 내 허접한 결과물을 검토해 주었다. 수정할 부분을 짚어 주고 조언도 듬뿍 해 주었다. 그리고 대면 심사 이틀 전부터 완성된 발표 자료를 외우고 또 외웠다.

드디어 대면 심사 날. 장소는 처음 창업 정보를 얻었던 일자리 창조 허브센터였다. 세 달 만에 이곳에 다시 온 것이다. 반가운 마음은 잠시, 너무 긴장되었다. 마음을 안정시켜 주는 오렌지 오일을 준비해 갔지만 너무 떨려서 향을 맡아도 마음이 좀처럼 진정되지 않았다. 심호흡을 몇 번 하다가 순간, 외운 걸 잊어버릴 것 같은 조바심에 가방을 뒤적거리며 발표 자료를 꺼내 읽고, 또 다시 오렌지 향을 꺼내 맡고. 조용한 대기 공간을 소리 없는 부산스러움으로 가득 채웠다.

이름이 호명되고 면접관들에게 인사를 하며 내가 하는 일을 어필하기 위해 오렌지 향을 담은 석고 디퓨저를 하나씩 나눠주었다.

'행복을 주는 오렌지 향입니다!'라고 씩씩하게 말하려고 했는데 목이 메어 "행복을 주는 오렌지 향(기침)"까지만 말했다. 면접관들의 반응은 사뭇 차가웠다. 아, 춥다 추워. 막상 발표 자리에 서니 떨림은 서서히 가라앉고 내 말에 연신 고개를 끄덕이며 호응해 주는 남자 면접관 한 분의 이마에 시선을 고정한 채, 아니 그분께 의지한 채 발표를 마쳤다. 면접관들의 질문이 이어졌다.

면접관 한 분이 물었다.

"누구한테 팔 거예요?"

판매 대상을 확인하는 질문이었다. 그런데 내 귀에는 다르게 해석되어 들렸다. '아니, 이런 걸 누가 사요?'라고. 갑자기 긴장의 엔진이 켜져 동공이 흔들리고 잠시 당황했다. 몇 초가 몇 분처럼 느껴지는 시간이 흘렀다. 그러나 이내 정신을 차리고 대답했다. 횡설수설한 기분이었지만……. 그러자 한 분이 불면증에 어떤 아로마 오일이 좋은지 물으셨다. 본인이 잠을 잘 못 잔다고. 내가 아는 분야인 만큼 차분히 설명할 수 있었다. 전공이 화학공학이어서 화장품 판매업 허가나 제품 인증받기는 수월할 거란 면접관들의 대화를 들으며 밖으로 나왔다. 15분이란 시간이 순식간에 지나갔다.

집으로 돌아오는 차 안에서 내가 했던 답변을 복기해 보았다. 얼굴이 울그락불그락하고 부끄러움에 소리도 좀 질렀던 것 같다.

어떻게 운전해 왔는지 기억도 없이 아파트 주차장에 도착했다. 그래도 잘했다. 도망가지 않고. 면접 결과는 내가 어떻게 할 수 있는 영역이 아니니 발표 날 때까지 내 할 일을 하자, 마음을 다잡았고 집 현관문을 열었다. 아이가 달려와 나를 꼭 안아 주었다.

"엄마! 면접 보느라 고생했어."

블루보틀이
될 줄 알고

드디어 발표가 났다. 합격이었다. 시에서 주관하는 여성창업지원 사업의 기업으로 선정되었다. 기뻤다. 가족과 친구들의 진심 어린 축하를 받으며 기쁨을 나눌 사람들이 있다는 것이 얼마나 행복한 일인가 느꼈다. 또한 애쓴 보람을 느끼는 것, 준비해온 일에 결실을 맺는 경험은 조금씩 더 나아가는 용기를 갖게 했다.

지자체와 정식으로 약정식을 체결하는 날이었다. 시장님의 덕담을 들으며 계약서에 도장을 찍었다. 꾸욱. 약정식 행사가 끝나고 다른 대표님들과 한자리에 모여 커피를 마셨다. 각자 자신을 소개하고 어떤 아이템으로 사업을 하게 됐는지 이야기를 나누었다. 나 역시 사업 아이템을 소개하고 그 배경을 설명했다. 내 이야기를 진지하게 들어 주고 호응을 해 주는 분들을 보며 어려운 길에 동지가 생긴 것 같아 든든했다. 그러던 중 한 분이 본인의 작업실에 입주하지 않겠냐고 물었다. 주택인데 넓은 공간이라 공방을 공유한다는 것이다. 가격도 마음에 들었다. 그 정도 월세면 사업이 망해도 타격이 없을 것 같았다. 다양한 분야의 사람들과 함께하며 만들 수 있는 재미난 일들을 상상하니 마냥 즐거웠다. 무엇보다 작업실에 정원이 있고 나무가 많아 마음에 들었다.

여러 번의 논의와 우여곡절 끝에 작업실 본채가 아닌 독립된 별채(창고) 공간을 쓰기로 했다. 창고는 네 평 가량 될까. 창이 세

군데 나 있었고 벽돌로 지어 생각보다 덥지 않았다. 한 면은 산에 접해 있고, 창고 앞은 작은 텃밭과 쉴 수 있는 마당이 있었다.

《블루보틀에 다녀왔습니다》이라는 책이 떠올랐다. 새하얀 벽에 푸른 병 로고로 유명한 커피 브랜드 '블루보틀'의 역사는 미국 캘리포니아주 오클랜드의 한 시장에서 시작되었다. 창업자 제임스 프리먼이 직접 손수레를 끌고 시장에 나와 커피를 내려 판매한 것이 블루보틀의 시작이다. 다른 유명한 기업들도 시작은 모두 미약했다는 것을 떠올리며 혹시 나도 그 주인공이 될 수 있지 않을까 상상하니 마음이 설레었다. 경기도 광명시 구름산 아래 아주 작은 창고에서 시작했지만 너무 큰 사랑을 받은 나머지 내 제품을 사러 온 사람들이 금뎅 마을(작업실이 위치한 마을의 이름) 밖까지 줄지어 서 있는 모습을 본다면 얼마나 황홀할까. 그러나 그 달콤한 상상은 하루 만에 끝이 났다.

당시 창고 내벽은 폼 블럭(셀프 시공이 가능한 접착식 단열 벽지)이 붙어 있었는데 싯누런 색이 미관을 해쳤기 때문에 반드시 뜯어낼 생각이었다. 그런데 폼 블럭을 뜯어내자마자 창고를 뛰쳐나올 수밖에 없었다. 태어나서 처음 보는 검은 곰팡이가 그 곳을 덮고 있었다. 곰팡이 냄새가 무엇인지 제대로 알게 된 사건이었다. 폐 속 깊은 곳까지 들어와 내 숨을 가득 채웠던 곰팡이 포자의 냄새란. 와! 너무 불쾌했다. 계약서 인주가 마르기도 전에 난 창고 앞 벤치에 앉아 고개를 절레절레 흔들고 있었다. 오랜만에 맛보는 패배감이었다. 곰팡이에게 진 느낌이었다.

뜨거운 커피를 마시며 계약을 해지할까 마음속으로 수십 번 갈등했다. 그날따라 커피 맛이 어찌나 쓴지. 블루보틀 책에는 곰팡이 이야기는 없었는데. 제임스 프리먼은 얼마나 행운아였는가. 가장 친한 친구 SKY가 창고를 보고 미리 경고했었다.

"민희야, 곰팡이가 어마어마할 거야."

인테리어를 전공하고 건축과 공무원이 된 친구는 경력이 많았고 곰팡이 정보에 빠삭했다. 그러나 단꿈만 꾸던 나는 어리석게도 다 극복할 수 있다고 믿었다. 마치 마법에 걸린 것처럼.

남편, 남동생, 늙은 엄마까지 동원되었다. 폼 블럭을 뜯어내고 곰팡이가 핀 벽지를 뜯어내니 또 벽지가 나왔다. 그 벽지 아래 또 벽지. 브레멘 악단 같이 켜켜이 쌓여 있던 벽지 속 곰팡이는 점점 더 그 위세를 드러냈다. 오예! 곰팡이 파티다! 천장에도 곰팡이가 있어서 다 뜯어내야 했다. 다시 한번 계약금을 머릿속에 떠올려 보았다. 꾹 참고 다시 벽지를 뜯었다.

"누나! 이런 건 군대에서도 보지 못했던 거야!"

남동생이 대단한 걸 발견한 듯 소리쳤다. 산을 인접하고 앞에

텃밭까지 있어 창고의 환경이 몹시 습했던 것이다. 벽지를 다 뜯어내자 얇은 합판이 나왔다. 곰팡이로 너덜너덜한 합판을 한 겹 벗겨내고 곰팡이 제거제를 뿌린 뒤 항균 페인트를 사다 발랐다. 마지막으로 흰색 페인트를 서너 번 덧바르자 제법 봐줄 만한 상태가 되었다.

그렇게 한 달 간 창고를 고치고 짐을 옮겨 정리를 마치자 몸은 만신창이가 되었다. 피부는 뒤집어지고 등에 담이 걸렸다. 월세가 싼 대신 병을 얻었다. 모든 건 대가가 있고 세상에 싼 건 없다는 걸 알게 되었다. 환상에 사로잡혀 내가 얼마나 비합리적인 선택을 했는지 깨달았던 뼈아픈 날로 기억된다.

자연을 가까이 접해 있다 보니 초대하지 않은 손님(?)들의 방문이 잦았다. 날마다 다른 손님이 찾아와 주었다. 다양하고 낯선 다채로운 곤충 손님들. 곤충들은 나를 환영해 주듯 끊임없이 작업실을 찾아왔다.

어느 날인가는 '그리마(돈벌레)'가 출현했다. 다리가 너무 많았다. 그리마의 많은 다리들이 물결치듯 리드미컬하게 움직이며 싱크대 안으로 이동했다. 그 그로테스크한 모습을 보고 있으니 소름이 돋았다. 1차 소름, 2차 소름, 3차 소름. 발끝부터 머리끝까지 짧은 파동의 소름이 온몸에 파도를 쳤다. 밭에 있던 집게를 가져와서 그리마의 몸통 2/3 지점을 집었다. 그러자 아주 우아하게 허리를 뒤로 꺾더니 집게 위, 바로 내 손이 있는 방향으로 올라오려고 했다. 소리를 지르며 텃밭으로 달려 나가 집어 던졌다.

잠시 후 놀란 마음이 진정되었다. '왜 우리는 발이 많이 달린 곤충을 징그러워할까. 사람의 발이 곤충처럼 많다면 이렇게 소름 돋지는 않았겠지? 역시 우린 너무 달라서 그 생경한 모습에 놀라서 그런 거야.' 그렇게 평소 하지 않던 생각도 해보고. 색다른 경험이었다. 사실 그리마는 해충을 잡아먹는 익충이다. 따뜻한 곳을 좋아해서 옛날에는 부잣집에 많이 나왔다고 한다. 그래서 이름이 '돈벌레'다. 지인들은 부자가 될 거라며 위로해 주었다.

시간이 흐르자 어떤 벌레를 봐도 새삼스럽지 않았다. 특별히 나를 방해하지 않는다면 죽이거나 쫓아버리지도 않았다. 언젠가 이 녀석도 '드론이'(작업실에서 3주간 함께 있었던 커다란 똥파리)처럼 이곳을 떠나겠지, 하며 벌레들과 새로운 작업실 공간에서 자연스럽게 공존했다. 그렇게 새로운 공간에 적응하고 그곳에서 무려 세 번의 계절을 보냈다. 창고를 고쳐야 했던 초반 어려움을 제외하고 나머지는 모두 순조로웠다. 강의 요청이 많이 들어 왔고 제품도 열심히 만들었으며, 창업도 하고, 작지만 알차게 행사를 치러냈던 이곳은 나의 기억 한 켠에 의미 있는 공간으로 남아 있다.

'개' 좋은
냄새

봄이었다. 중학교 학교사회복지사 선생님에게서 연락이 왔다. 학생들에게 아로마테라피 수업을 해 줄 수 있냐는 내용이었다. 좋은 기회인 것 같아 수락했지만 곧 걱정이 시작되었다. 그동안 성인을 대상으로만 강의했는데 아이들과 수업을 할 수 있을까? 게다가 '중 2'라니. 그들이 겪는 지독한 병, '중 2병'이 떠올랐다. 내가 할 수 있는 일일까, 욕심은 아닐까, 못한다고 말할까?

다행히 선생님께서 아로마테라피(향기 요법)에 관심이 있어 효능에 대해 잘 알고 계셨다. 아이들에게 적용하면 심리적으로 좋을 것 같다는 말에 힘을 얻어 강의 준비를 시작했다. 아로마 에센셜 오일 대부분이 신경을 이완시켜 마음을 편안하게 해 주는 효과가 있다. 사춘기 아이들의 스트레스 해소에 도움이 될 거라 생각하며 자신감을 조금씩 끌어 올렸다. 그리고 '십대들과 아로마테라피'라는 이름으로 10회 커리큘럼을 짰다.

드디어 학생들과 처음 만나는 날이었다. 여섯 명의 학생들. 공통점은 모두 화장을 했다는 것이다. 인상적이었다. 베이스 화장에 립스틱만 바른 아이부터 풀 메이크업을 한 아이까지, 정도의 차이만 있을 뿐 한 명도 예외가 없었다. 염색도 자유로운지 많이 했더라. 그날은 학교에서 학부모들이 모여 아이들의 귀걸이 착용을 허용할지 말지 논의한다고 했다.

늘 아침잠이 모자라 좀 더 자려고 밥도 먹지 않고 등교하던 학창시절이 떠올랐다. 나는 외모에 전혀 신경 쓰지 않은 건 아니지만 정성 들여 꾸미고 다닐 정도로 부지런한 학생도 아니었다. 당시 학교에서 화장을 허용하는 분위기도 아니었고 오히려 들키면 크게 혼났던 것 같다. 고등학교 때인가, 하루는 짝꿍이 눈썹을 실처럼 얇은 선만 남기고 밀고 왔다. 학교 끝나기 전 야자시간(야간 자율학습)이 되면 아이펜슬을 꺼내 긴 시간 한 올 한 올 눈썹을 그렸다. 눈썹 양쪽이 완벽한 대칭을 이룰 때까지 주변 친구들에게 "어때, 어때?" 하며 눈썹 상태를 확인했고, 우리는 그때마다 성의 있는 대답을 해야 했다. 그런데 담임 선생님이 교실 창밖에서 그 장면을 보고 있다가 그 친구를 불러냈다. 한 손으로 뒤통수를 잡고 다른 손으로는 공들여 그린 눈썹을 박박 닦아 지웠다. 어찌나 세게 닦는지 내 눈썹이 다 쓰라린 느낌이었다. 요즘 학교는 그때와 비교해 확실히 분위기가 편해진 것 같다.

어느 날 각각의 개인 차트를 작성할 일이 있어 아이들에게 필기 도구를 꺼내라 했더니, 모두 없다고 하는 거다. 저마다 옆구리에 끼고 다니는 그 작고 앙증맞은 가방은 필통이 아니었던가. 알고 보니 그건 화장품 파우치였다. 그 아이들에게 필통은 없을지언정 화장품 파우치는 잊어선 안 되는 필수품이었다. 쉬는 시간마다 파

54

우더를 바르고 립스틱을 칠하며 수정 화장까지 하는 요즘 학생들의 부지런함에 감탄했다.

그 아이들에게 꼭 맞는 수업을 준비했다. 화장을 즐겨 하는 아이들을 위해 피부 구조를 설명하고, 화장품을 구입할 때 어떤 성분을 피해야 하는지 알아보았다. 화장을 하는 것보다 지우는 일이 왜 중요한지 그리고 선크림은 왜 발라야 하는지 알아본 뒤 단순한 성분으로 구성된 순한 클렌징 오일을 만들었다. 지성, 여드름 피부에 좋은 티트리 오일과 오렌지 오일을 넣어 만든 향긋하고 순한 천연 화장품이었다.

사춘기에는 피지 분비가 왕성해 모공을 잘 막는다. 그래서 여드름이나 뾰루지가 많이 나는데, 그걸 감추려고 화장을 하고 클렌징을 잘못 하면 피부 트러블이 더 심해진다. 그러므로 아몬드 오일이나 살구씨 오일 같은 식물성 오일에 피지 조절과 염증 완화에 좋은 아로마 오일을 넣어 사용하면 트러블 많은 피부를 진정시켜 주고 각질도 제거된다. 지성 피부에 오일을 사용하면 안 된다고 생각하지만 기름은 기름으로 지울 수 있다는 사실. 단 천연 화장품이 모든 사람에게 다 맞는 건 아니다. 간혹 천연 물질에 알레르기가 생기는 민감한 피부도 있다. 그런 사람은 미네랄 오일로 만든 클렌징 제품을 사용하는 것이 좋다.

학생들과 화장에 대해 이야기를 나누다 보니 예쁘거나 날씬하지 않으면 안 된다고 생각하는 아이들도 있었다. 여자라면 늘 꾸며야한다는 사회 분위기 때문일까, 아니면 외모에 관심이 극대한 사춘기 때문일까? 요즘은 탈 코르셋처럼 외부의 평가나 판단에서 벗어나려는 움직임이 점차 커지고 있지만, 그래도 사회가 요구하는 '예의'란 것을 갖추기 위해 아이들이 시간을 낭비하고 자존감도 떨어지는 건 아닌지 염려되었다. 아이들과 이야기를 나누면서 타인의 기준에서 자유롭기를, 앞으로는 나 자신이 기준이 되자고 약속했다.

수업은 두 시간 동안 진행된다. 첫 시간에는 시향을 하고 이론적인 내용을 알려 준다. 아로마 오일들을 시향지에 떨어뜨려 차례대로 향을 맡게 한다. 심호흡을 하며 충분히 느끼도록 한다. 시향을 한 뒤 '향이 어때?' 하고 느낌을 물으면, 처음에는 대게 이렇게 말한다. "아, '개' 좋아요" 또는 "윽! '개' 싫어요."

향에 대한 호불호만 단답형으로 말한다. 그러나 수업이 거듭될수록 좀 더 다양하고 구체적으로 표현하기 시작한다. 보통 향이나 냄새는 사물, 공간, 시간 등 경험이나 기억에 빗대어 표현한다. 향 자체를 설명하는 용어를 찾기 힘들다. 그러나 아이들의 어떤 표현은 정말 신선해서 잘 기억해 두었다가 다른 강의에서 사용한 적도 있다.

"누군가는 이 향을 이렇게 느꼈대. 정말 그렇니?"

이렇게 아이들에게 툭 던지면 또 다른 이야기가 나온다. 사실 향을 설명하는 정답은 없다. 후각이란 굉장히 개인적인 영역이어서 느끼는 대로, 기억하는대로, 표현하는 대로, 그게 그 사람에게 정답인 것 같다. 아이들에게 이렇게 말해 주면 평가받는다는 부담이 없어서 그런지 더 편하게 표현한다. 언제나 정답 없이 자유롭게 이야기하다 보면 향에 대한 자신의 취향이 드러난다.

좋아하는 향으로 간단한 오일 블렌딩(향 블렌딩)을 진행하기도 한다. 아로마 오일 향을 하나씩 시향해 보고 여러 개를 조합했을 때 어떻게 완성될 지 상상력을 발휘하는 시간이다. 예상한 대로 좋은 향이 날 때도 있지만, 전혀 예상치 못한 향이 날 때도 있다. 그러면 그 향을 잘 기억해 두었다가 다음에 다르게 시도해 본다.

비커에 오일을 담아 향을 만드는 아이들의 모습이 마치 전문 조향가들의 모습처럼 진지하다.

악동들을
만나다

수업 의뢰가 들어왔다. 이번 그룹은 조금 달랐다. 약간 특별하달까? 중1이고 흡연을 하는 학생들이었다. 예전에 금연 교육을 받기도 했단다. 콩나물에 담배 연기를 쐬면 콩나물이 어떻게 죽어가는지 보여 주었는데 금연에는 도움이 되지 않았다고 한다. 아이들이 흡연을 하는 이유는 담배가 몸에 해롭다는 걸 몰라서가 아니다. 나름 스트레스를 풀기 위해 담배를 피다 중독에 이르게 된 거라고. 그래서 아로마테라피로 스트레스가 좀 줄어 잠깐이라도 중독으로부터 전환이 되었으면, 무엇보다 아이들이 즐거운 시간을 보냈으면 하는 담당 선생님의 길고 간절한 바람을 들었다. 덧붙여 이 아이들은 수업시간을 방해하는 일이 잦아 이렇게 특별한 수업을 받는 경우가 있다고 조심스레 덧붙이셨다.

처음에는 아로마 향으로 어떻게 금연에 도움을 줄 수 있을까 임상 데이터를 열심히 찾아보기도 했다. 후추 오일과 안젤리카 루트 오일 향이 금연에 도움이 된다는 자료들이 있었다. 회의적이었다. 과연 아이들에게 향만 맡게 한다고 해결이 될까, 금연이란 게 본인의 강한 의지가 없다면 이런 도구들이 무슨 소용일까 싶었다. 콩나물 주검으로는 어림도 없었을 것이다.

담당 선생님 말씀처럼 아이들의 이야기를 들어 주고 재미난 것을 만드는 향기롭고 즐거운 시간을 경험하는 방향으로 가기로 했다. 나는 심리 상담가는 아니지만 아로마 향을 추천해 주려면 상담을 하는 과정이 필요하다. 내담자(고객)의 고충을 듣고 문제점을 파악해 도움이 되는 향을 추천해 주든지, 또는 향으로 해결할 수 없는 문제라면 의료 기관을 추천하는 방법으로 다른 대안을 제시해 주기도 한다. 우선 아이들을 만나야 구체적인 수업 방향이나 내용을 정할 수 있을 것 같았다.

드디어 첫 시간. 두둥! 세 명의 여학생과 세 명의 남학생들이 교실로 들어왔다. 여자 아이들은 말없이 무심한 듯 시크하게 인사를 했다. 그런데 뒤늦게 들어온 남자 아이들은 어깨동무를 하고 엄청 시끄럽게 떠들면서 들어왔다. 별거 아닌 말에도 박장대소하며 주변을 전혀 의식하지 않은 태도를 보였다. 내가 보이지 않는 듯 행동했다. 심지어 한 명은 책상 위에 발을 올렸다. 곧 이어 담당 선생님의 호된 지도 아래 정식으로 인사하고 수업을 시작할 수 있었다.

남자 세 명 중 한 명이 대장(A라 부르겠음)으로 보였다. 몸집은 작은데 눈빛이 타오르는 태양처럼 강렬했다. 옆의 친구 둘은 말을 할 때마다 A의 눈치를 보았다. 마치 허락을 받는 듯 말을 시작할 때 한 번, 끝마칠 때 한 번 A의 반응을 살폈다. 다른 아이들은 내가 쳐다보면 시선을 피하는데 A만큼은 내 눈을 정확히 응시하며 자극적인 소재로 연신 나를 도발했다. 이글거리는 눈으로 자기가 얼마나 센 지

보여주고 싶어 하는 것 같았다. 내가 어떤 말을 하면 입술을 삐죽거리며 그대로 따라하거나 시답잖은 농담을 던지면서 분위기를 계속 자기 걸로 만들었다.

'어, 이 어린 관종이?! 아니야. 넌 아니야. 이 시간의 주인공은 바로 나라고!'

앞으로 이 수업을 어떻게 끌어가야 하나 고민이 되었다. 첫 날 실습은 비누 만들기였다. 아로마테라피를 즐길 수 있는 가장 손쉬운 방법 중 하나가 비누다. 보통은 비누 베이스를 녹이고 아로마 오일과 천연 분말을 넣어서 좋아하는 향과 색깔의 비누를 만들 수 있다. 그러나 나는 아이들이 촉각, 시각, 후각을 모두 재미있게 느끼도록 파우더로 된 비누 베이스를 준비해갔다.

"비누 파우더에 재료를 다 섞고 반죽을 해서 모양을 만들면 돼. 너희들, 무슨 모양 만들 거야?"

"고추요. 제 고추 만들래요"

A가 말했다. 그러자 A의 오른팔이 말했다.

"저는 엉덩이요."

그러면서 굉장히 외설스런 제스처를 보여주었다. 어? 이 꼬마들 큰일 났네.

"네 고추를 만들겠다?! 반죽이 남겠는 걸. 많이 남겠어."

"네? 왜 남아요?"

그러자 다른 아이들이 웃음을 터뜨렸다.

"아, 선생님이 내 고추 봤어요? 내가 키만 작지, 다 크다고요!"

A는 크게 화를 냈다. 난 말을 이어갔다.

"선생님이 가끔 유치원 아이들 수업도 하는데, 유아기 애기들이 주로 그런 걸 만들더라. 똥, 고추, 이런 거. 아휴. 너무 식상해."

그날 남자 아이들은 고추도 엉덩이도 만들지 않았다. 향긋한 오렌지 껍질 향이 가득한 비누를, 심지어 하트 모양으로 곱게 빚어 갔다. 엄마께 드린다며 두 손 가득 들고 갔다. 아무래도 유치원생들과 같은 수준으로 만들기에는 자존심이 너무 상했던가 보다.

수업은 예전처럼 이론 한 시간, 실습 한 시간 총 두 시간씩 진행되었다. 이론은 아로마 오일을 사용하게 된 역사부터 아로마 오일의 추출법, 효능, 아로마테라피 활용법 같은 내용으로 채워진다. 그런데 이 아이들에게는 의미 없어 보였다. 두 번의 수업 동안 누구 하나 집중해서 내 말을 듣는 아이가 없었다. 이전 그룹과 너무 다른 분위기여서 적잖이 당황했고, 완전히 다른 수업으로 다시 설계해야 했다. 담당 선생님께 제안을 하나 했다. 아로마테라피 이론 대신 아이들과 동화책이나 시를 읽고, 그 느낌으로 아로마 오일들을 블렌딩하는 조향 수업으로 바꾸고 싶다고. 선생님은 흔쾌히 수락하셨다. 돌이켜 생각해 보니 어떤 수업이어도 수락하셨을 것 같긴 하다.

이 아이들의 장점은 표현이 거침없다는 점이었다. 물론 욕을 가장 많이 했지만 싫으면 싫다 좋으면 좋다, 분명하게 말했다. 무엇보다 향에 대한 표현도 잘할 것 같았다. 이론은 접어두고 여러 가지 향을 맡아 보고 자기가 좋아하는 향을 찾아 나서는 여행같은 시간을 만들기로 했다. 자유롭게 자기 마음이나 기분을 표현할 수 있다면 더 좋을 것 같았다.

나는 항상 수업의 첫 시간을 오렌지 향으로 열었다. 여태껏 오렌지 향을 싫어하는 사람을 보지 못했다. 이 향긋하고 상큼한 향을 맡는 순간 딱딱하던 표정이 무장해제 되는 걸 많이 봐왔다. 특히 모임의 첫 시간에는 사람들이 긴장하기 마련인데 이 어색한 분위기를 풀기에 오렌지 향만한 게 없다는 판단에서다. 오렌지 향은 차가운 기운을 풀어 주어 몸과 마음을 따뜻하게 이완시켜 준다.

늘 그랬듯 아이들 손바닥에 오렌지 오일을 한 방울씩 떨어뜨려 준다. 그리고 손바닥을 부드럽게 비벼 두 손으로 머리를 쓰다듬고 어깨를 지나 가슴 앞에 손을 모아 향을 맡아보라고 한다. 깊은 심호흡과 함께. 아이들은 말한다.

"와! 선생님, 냄새 개 좋아요!"

이건 진짜 좋다는 뜻이다.

안녕, 난 까만
카멜레온이야

내가 활동하고 있는 책모임 '오독회'에는 그림책연구회에서 오랫동안 활동한 분들이 있다. 아이들의 특성과 수업의 취지를 설명하고 함께 읽으면 좋을 그림책을 추천해 달라고 부탁했다. 그리고 옛 잡지사 동료에게 정말 오랜만에 연락해 시를 추천해 달라고 했다. 이 친구는 지금 북 콘서트를 하는 회사의 대표가 되어서, 학교에서는 인문학 강연도 하고 라디오 방송에서는 책을 소개하는 일을 하고 있었다. 부탁을 하자마자 추천 목록이 담긴 리스트들이 속속 도착했다. 그렇게 지인들에게 그림책과 시를 추천받아 교안을 다시 만들었다.

말 안 듣는 이 아이들. 가만히 지켜보니 공통적으로 비염이 있었다. 코가 막혀서 입으로 숨을 쉬거나 연신 코를 킁킁거렸다. 알레르기 비염 환자들이 그렇듯 환절기에는 아침저녁으로 코가 막혀서 코로 숨쉬기 힘들어 했다. 그렇다. 지금이다! 이제 아로마테라피의 드라마틱한 효능을 체험하게 할 시간이다. 종이컵을 얻어와 따끈한 물을 채워오게 했다. 그리고 유칼립투스 오일을 한 방울씩 물에 떨어뜨려 주었다.

손을 둥글게 만들어 컵 입구를 막고, 엄지손가락만 살짝 들어 틈을 만들었다. 거기에 코를 대고 증기를 쐬도록 했다. 증기가 갑자기 훅 들어왔는지 콜록콜록, 켁켁 하더니 다시 코를 갖다 댔다. 1~2분만 참아보라고 했다. 한 아이가 몸을 뒤로 젖히더니 소리쳤다.

"×발! 코가 뻥 뚫렸어요! 와! 개 신기해! 시×!"

나도 너희가 개 신기해. 욕으로 시작해서 욕으로 끝나는 신박한 화법. 묘하게 중독성 있어. 유칼립투스의 은혜를 입은 아이들은 눈을 반짝이며 내 말에 귀를 기울이기 시작했다.

"매일 코가 막혀 얼마나 힘들었어? 수업 잘 마치면 내가 비염 오일을 하나씩 만들어 줄게."라고 했더니 순한 양처럼 "네."라고 대답해서 약간 감동했다.

유칼립투스의 날카롭고 신선한 향은 부정적인 감정에서 벗어나게 하는 동시에 집중하는 데도 도움을 준다. 교실 안이 유칼립투스 향으로 가득했다. 아이들 모두가 동시에 내 얼굴을 바라보고 있는 건 처음이었다. 분위기가 좀 잡히자 나는 가방에서 그림책 하나를 꺼내 들었다. 아이들은 약간 의아해했다.

"그림책을 읽고 너희가 받은 느낌을 향으로 만들어 볼 거야."

좋다고 느끼는 향으로 마음이 가는 대로 만들어도 되고 누군가에게 선물하고 싶은 향을 만들어도 좋다고 했다. 나는 내 아이에게 읽어 주듯 그림책을 읽어 주었다.

밤하늘에 별이 가득했어요.

까만 카멜레온은 천천히 고개를 들었어요.

별들이 쏟아질 듯 반짝였지요.

"난 까만 카멜레온이야. 난 내가 좋아."

까만 카멜레온의 몸에 내려앉은 별들이 밤새 환하게 빛났어요.

이은선 작가의 《까만 카멜레온》이라는 그림책이었다. 자신감도 자존감도 낮아 보이는 아이들도 있고, 입만 열면 아무렇지 않게 상대방의 외모를 지적하고 평가하는 말 습관도 신경 쓰였다. '너희들은 모두 갖가지 이유로 아름답다'고 말해 주고 싶어 선택한 책이었다.

아이들은 의외로 집중하며 들었다. 이렇게 잘 들어만 주어도 성공인데, 자기 생각을 나누는 데도 열성이었다. 아무 말이라 해도 좋았다. 생각이나 느낌을 말하는 데 정답은 없으니까. 덩달아 기분 좋았던 나는 이야기 끝에 "너희 어렸을 때 엄마 아빠가 이렇게 책 읽어 주셨잖아."라고 했다.

'그림책 읽어 주니 좋다'는 아이들 말에 어릴 적 기억이 났나 생각하며 했던 나의 말이 실수였다. 그 아이는 "엄마 없어요."라고 했고 또 다른 아이는 부모님이 이혼했다고 하자 "저도요."라고 말한 아이도 있었다. 내 좁은 경험을 일반화했을 때 상처받는 사람들이 있을 수 있다는 걸 이렇게나 나이 들어 알게 되었다. 이런 내가 누굴 가르칠 자격이 있나 싶을 정도로 부끄러움을 느꼈다. 이어 쉬는 시간을 알리는 종이 울렸다. 미안하다고 사과했더니 아이들은 쿨 하게 '괜찮아요!' 하더니 축구한다고 우르르 나갔다.

두 번째 시간은 책에서 받은 느낌을 떠올리며 각자 끌리는 향을 골라 간단한 오일 블렌딩(향 블렌딩)을 하는 시간이었다. 아로마 오일 향을 하나씩 시향해 보고 여러 개를 조합했을 때 어떤 향으로 완성될지 상상력과 감각을 총동원하는 시간이다.

천방지축으로 날뛰는 아이들이지만 조향 시간만큼은 자못 진지했다. 시향지를 들어 향을 맡을 때 특히 더 그랬다. 나름 진지한 자세로 임해서 담당 선생님께 아이들을 칭찬하는 말을 해드렸다. 선생님은 뵐 때마다 양손을 위아래로 저으며 미안함을 표현하셨는데 아이들이 수업을 잘 받았다는 이야기에 몹시 기뻐하셨다. 처음 뵌 이후로 최고로 기분 좋은 미소를 지으셨다.

아이들 중 한 여자아이는 스스로 왕따라고 말했다. 아이들이 따돌려서 학교에서는 밥을 안 먹는다고 했다. 익숙해져서 이제는 배도 안 고프다고. 처음부터 밝힌 건 아니었다. 항상 내 옆에 앉히고 수업을 했는데 어느 날 내게만 들리는 작은 목소리로 말해 주었다. 드디어 여덟 번째 마지막 수업 시간에 오은 시인의 'Be'라는 시를 읽어 주었다. 아이가 말했다.

"선생님, 이 시 너무 좋아요."

그리고 달려 나가 수첩 하나를 가져오더니 자신이 쓴 시라며 보여 주었다. 제법 두꺼운 수첩에는 날짜와 그날 적은 시가 있었다. 일 년 넘게 거의 매일 같이 시를 썼다. 내용은 자신이 얼마나 외롭고 슬픈지, 하지만 누군가 손을 내밀어 주면 좋겠다는 내용도 있었고, 너무 쓸쓸해서 고통스럽다는 시도 있었다.

나는 아이에게 말했다. 지금은 친구가 세상 전부인 것 같지만 나중에 보면 또 그렇지도 않다고. 제일 친한 친구들은 고등학교 때, 그리고 성인이 되어 만나기도 한다고 했다. 조금 위로가 되었을까. 그리고 내가 하는 독서 모임에 혹시 들어오고 싶으면 와도 된다고 말해 주었다.

그 뒤로 따로 연락이 온 적은 없지만 나는 아이가 이 어려움을 잘 이겨낼 거라고 생각한다. 마음을 글로 표현하는 만큼 슬픔을 마음 안에만 가두어 두지 않으니. 그만큼 자기 세계가 단단해져서 어쩌면 이때의 경험으로 반짝반짝 빛나는 시간을 만날 수도 있다고 믿는다.

자연과
연결되는
법

_____

"집에 들어가 아기와 그의 어머니 마리아가 함께 있는 것을 보고 엎드려 아기께 경배하고 보배합을 열어 황금과 유향과 몰약을 예물로 드리니라."(마태복음 2장 11절)

아기 예수가 탄생하던 날 하늘에 별 하나가 떠오른다. 동방의 박사 세 명은 그 별을 보고 유대인들의 새 임금이 탄생했음을 알게 된다. 움직이는 별을 따라 예루살렘에 온 박사들은 그 별이 움직임을 멈추자 그 아래 있던 집으로 들어가 아기 예수에게 절하고, 준비했던 황금과 유향과 몰약, 이 세 가지 선물을 예수에게 바친다.

예수 탄생에 관한 너무 유명한 이야기다. 고백하건대 모태신앙인 나는 매년 크리스마스가 돌아올 때마다 들었던 저 이야기 속 세 가지 선물의 의미를 알지 못했다. 느낌상 아주 귀한 게 아닐까 추측만 했을 뿐 황금을 제외한 유향과 몰약이 정확히 무엇인지 몰랐다. 아로마테라피의 역사를 배우면서 유향은 프랑킨센스(frankincense), 몰약은 미르(myrrh)라는 이름의 향유, 즉 아로마 에센셜 오일이라는 걸 알게 되었다. 성경의 주석에 따르면 황금은 예수의 '왕권'을, 유향은 성전에서 제사를 지낼 때 분향을 위해 바치는 향료로 예수의 '신성'을 상징하며, 몰약은 시체에 바르거나 사형수에게 마취제로 사용되던 것으로 예수의 수난과 '죽음'을 의미한다.

프랑킨센스와 미르는 둘 다 감람과 나무의 수지(나무에서 나오는 액체로 공기에 닿아 굳어진 것)에서 추출한 에센셜 오일이다. 아프리카의 소말리아 같은 아주 척박한 땅에서 자라는 키가 작은 나무로, 몸통과 가지에 상처를 내면 송진 같은 끈적한 물질이 천천히 스며 나오다가 굳는다. 고대 시대 모기를 가두었던 호박을 떠올리면 된다. 이 결정의 무게가 점점 무거워지면 땅으로 떨어지는데 그걸 모아 증류법을 이용해 추출하면 아로마 에센셜 오일이 된다. 옛날부터 종교적인 행사에 많이 사용되었으며, 역사적으로 신성하고 영적인 가치가 있는 향료다. 이 나무를 따로 관리하는 사람을 두어 높은 지위를 주었을 정도로 귀하게 취급했다고 한다. 프랑킨센스와 미르는 마음을 고요하게 하고 슬픔, 정신적 혼란, 불안감 같은 신경성 피로감을 가라앉혀 주어 요가나 명상 같은 수련을 할 때 사용하면 좋은 향이다.

전문가들의 표현에 따르면 달콤한 나무향과 스파이시한 향기에 톡 쏘는 발사믹 향이 깔려 있다고 하는데, 아이들은 아주 오래된 약 냄새, 사우나에 있는 약초방에서 나는 냄새, 시골집 할아버지 방 나무 서랍에서 나는 냄새라고 표현했다. 아이들의 설명을 들으면 어렵지 않게 향을 상상할 수 있다. 솔직히 전문가보다 아이들의 표현이 더 와 닿는 게 사실이다.

원액의 향은 너무 강하다. 마치 백 년 묵은 약품 냄새 같아서 처음 맡았을 때는 그리 호감이 가지 않는다. 그런데 언젠가 프랑킨센스와 미르 향을 맡았을 때 깊이 호흡하면서 그 강했던 향이 달콤하게 느껴질 때가 있었다. 심지어 프랑킨센스에서 탑노트의 레몬향이 느껴져 매우 신선했다. 머리가 너무 복잡하고 생각이 많을 때였다. 마음의 평안까지 얻었을까. 그건 확신할 수 없지만 향을 흡입하면서 몇 번의 심호흡을 한 후 심박수가 느껴질 정도로 두근거리던 심장이 진정되는 느낌은 확실히 기억난다.

아로마테라피가 현대에 등장한 새로운 형태의 힐링 요법이라고 생각할 수도 있다. 그러나 향기 나는 물질을 치료에 사용한 역사는 아주 오래 전부터 시작된다. 이집트에서는 4,000년 전에 이미 '키피(kyphi)'라는 향수를 만들어 사용한 기록이 남아 있다. 키피는 주니퍼, 시나몬, 삼나무, 미르 등 여러 가지 향유를 꿀과 와인에 재워 만들었으며, 고대 이집트인들은 키피의 향이 불안을 없애고 영혼을 맑게 해 준다고 믿었다. 정확한 재료나 배합 비율은 지금까지 밝혀지지 않았지만 그 중 미르(myrrh)라는 오일은 방부성이 뛰어나 미이라를 만들 때 사용되기도 했다. 그러니 예수가 선물로 받은 '미르'를 비롯한 온갖 식물의 향기 나는 물질을 사용했던 향유 문화는 고대 이집트에서 고대 그리스, 로마를 거쳐 현대까지 이어진 것이다.

의학의 아버지 히포크라테스는 건강을 위해서 향유를 이용해 매일 마사지와 목욕을 하라고 조언했다. 로마인들 역시 향유로 마사지하고 목욕하는 문화가 있었다. 약용 식물을 이용해 피부를 관리했고 향유를 연고 형태로 만들어 늘 몸에 바르고 다녔다. 향유로 만든 향수도 발달했다. 향료의 가치는 점점 높아져 화폐처럼 거래되었다. 다이앤 애커먼의 《감각의 박물학》에서는 고대인들이 향유를 얼마나 즐겼는지 그에 대한 이야기가 나온다.

"고대의 남자들은 향수를 많이 뿌렸다. 강한 향기는 존재를 넓혀주고, 그들의 영역을 확장해 주는 측면이 있었다. 그리스 이전, 크레타 섬에서는 운동선수들이 경기를 시작하기 전에 향기 나는 특수한 오일을 발랐다. 그리스 작가들은 팔에는 민트를 무릎에는 타임을 턱과 가슴에는 시나몬, 장미 혹은 야자 오일을, 손과 발에는 아몬드 오일을, 머리카락과 눈썹에는 마요라나를 바르라고 썼다."

화학의 전성기가 시작되는 18, 19세기에는 식물에서 필요한 성분을 추출해 인공적으로 합성한 화학 약품이 주류를 이루면서 아로마테라피가 소외되기도 했다. 경험적으로 접근했던 아로마 오일에 비해 과학적으로 임상 실험을 거친 합성 약물을 더 인정했기 때문이다. 그러나 현대에 들어서면서 아로마 오일의 약학적 효능을 과학적으로 뒷받침하는 연구나 실험을 통해 아로마테라피가 체계적으로 정리되기 시작했고 의료적으로 사용하면서 그 가치가 다시 부각되었다. 현재 프랑스에서는 아로마테라피 교육을 받은 의사들이 치료 목적으로 아로마 에센셜 오일을 경구 섭취할 수 있도록 처방해 준다.

최근 지역 보건소에서 보내 주는 감정 관리 키트를 본 적 있다. 정확한 명칭은 기억나지 않지만 코로나 블루, 즉 우울증 예방이 목적이었다. 그 안에 식물을 키울 수 있는 원예 키트와 스트레스 경감을 위한 아로마 롤온이 함께 들어 있었다. 아로마테라피가 일반 사람들에게도 조금씩 친숙하게 느껴지는 것 같아 참 반가웠다.

유럽이나 미국 또는 가까운 일본만 하더라도 아로마테라피가 대중적이어서 아로마 오일은 마트에서도 살 수 있는 일상적인 아이템이다. 이에 반해 한국은 화장품이나 마사지 같은 미용 분야나 비누, 캔들, 디퓨저를 만들 때 넣는 원료에 국한되어서 일반인들에게는 친숙하게 느껴지지 않는 측면이 있었다. 그러나 최근에는 아로마 오일의 효능이 조금씩 부각되면서 명상이나 요가 같은 운동을 할 때 함께 사용하기도 하고, 스트레스나 불면 같은 신경계 문제에 이용되기도 한다.

독일의 저명한 아로마테라피스트 슈나우벨트는(Kurt Schnaubelt)는 "아로마테라피를 받아들이는 사람의 태도는 자연과 연결되고 싶은 인류의 소망과 이어질 수도 있다."고 했다.

아로마테라피에 사용되는 아로마 오일은 시대, 문화, 종교에 따라 그 의미는 조금씩 변화해 왔지만, 인류 역사와 함께 해왔다고 해도 과언이 아니다. 왜 이렇게 식물의 향이 사람의 마음을 끌었을까? 아로마테라피의 가장 큰 특징은 치유의 범위가 몸에 한정된 것이 아니라 마음까지 포함한다는 점이다. 사람의 몸과 마음은 이어져 있기 때문에 신체 또는 정신에 문제가 생기면 몸의 균형이 무너지고 전신에 여러 증상이 나타난다. 과거에서부터 사람들은 치유의 힘이 담긴 식물의 향기를 빌려 사람의 건강을 회복하고 몸의 균형을 찾을 수 있는 방법을 알았고, 이것이 아로마테라피의 가장 큰 매력인 것 같다.

＊아로마테라피(aomatherapy)는 향기라는 뜻의 '아로마 aroma'와 치유라는 뜻의 '테라피 therapy'가 합쳐진 말로, 향기요법 또는 향기치료라고도 불린다. 아로마테라피는 식물에서 추출한 향기 나는 물질을 이용해 몸과 마음의 균형을 회복시켜 건강을 유지하도록 돕는 자연요법이라 할 수 있다. 아로마테라피에 사용되는 향기 물질은 향유(香油) 또는 정유(精油)라 부르기도 하고 일반적으로 아로마 에센셜 오일(aroma essential oil), 줄여서 에센셜 오일 또는 아로마 오일이라고 한다.

식물은
향기로
소통해요

식물은 동물처럼 스스로 움직일 수 없다. 그러므로 곤충이나 동물을 유인하거나 반대로 오지 못하게 경고를 줄 때 특정한 향기 물질을 내뿜는다. 말하자면 이 향기 물질은 식물 나름의 소통 방법인 셈이다. 벌레나 동물로부터 자신을 보호할 때, 번식을 위해서 곤충이나 새를 유인할 때, 자신의 몸에 난 상처를 치유할 때, 다른 식물이 근처에 자라 자신의 성장을 방해할 때 등 다양한 목적에 따라 향기 나는 물질을 만들어 낸다. 이 향기 물질을 수증기 증류법이나 압착법과 같은 여러 가지 추출법을 이용해 얻은 것이 바로 '아로마 에센셜 오일(aroma essential oil)'이다. 식물에 따라 다르지만 아로마 오일은 다양한 화학 성분으로 구성되어 있고, 이 성분 각각은 식물의 고유한 향과 치유적 효능을 결정한다.

'화학 성분'이라는 용어가 나오면 어떤 사람들은 놀라거나 의아해 한다. 식물에서 추출했다면서 화학 물질을 추가로 넣었다는 것인지 묻는 사람도 있다. 화학 성분이란 세상을 이루는 모든 물질을 말한다. 우리가 먹는 음식도 화학 물질이고 우리가 마시는 공기도 화학 물질이다. 물론 냄새도 화학 물질로 이뤄져 있다.

아로마 오일의 화학 성분은 사람의 몸을 구성하는 탄소, 산소, 수소 같은 자연 물질을 이루는 성분을 말하며, 분자 크기가 매우 작아 몸속에 흡수되었다가 어느 정도 시간이 지나면 날숨이나 땀 또는 배설물로 배출된다. 보통 사람들이 우려하는 화학 성분은 실험실에서 화학적 합성을 통해 인공적으로 만든 인위적인 물질일 것이다. 흔히 샴푸나 섬유유연제에 들어 있는 인공 향료가 그 예다. 이러한 인공 화학 물질은 몸에 흡수되어도 잘 배출이 되지 않고 몸속에 남아 호르몬을 교란시키거나 염증을 유발한다고 알려져 있다. 최근 이러한 생활화학 제품을 제조하는 한 대기업에서 섬유유연제에 들어가는 향기캡슐을 대신해 식물에서 추출한 에센셜 오일을 넣어 만들 거란 소식을 듣고 내심 반가웠다. 향이 오래 지속되지는 않지만 환경과 건강을 고려한 선택이므로 소비자들도 크게 반기지 않을까 생각한다.

아로마 오일의 효능을 쉽게 이해하기 위해 - 이 방법이 모든 식물에 완벽하게 일치한다고 할 수 없지만 - 식물의 추출 부위에 따라 그 효능을 분류하는 방법이 있다. 먼저 과일의 껍질에서 추출한 시트러스계 오일(오렌지, 자몽, 레몬 등)은 기름을 녹여 주고 방부성이 뛰어나며 소화 문제에 도움이 된다. 뜨거운 태양빛을 받아 성장하는 과실들을 상상해 보면, 시트러스계 오일의 따뜻하고 신선한 향은 어둡고 우울하고 차가워진 마음을 풀어 주는 효능과 연결할 수 있다.

식물의 잎에서는 이산화탄소와 산소의 가스 교환이 일어나고,

광합성을 일으켜 양분을 생성해 식물 전체로 운반한다. 때문에 잎에서 추출한 오일들은 '호흡과 순환'이라는 키워드와 연결할 수 있다. 페퍼민트, 로즈마리, 티트리, 바질 오일 등이 대표적이며, 혈액 순환, 통증 문제, 감기, 비염 같은 호흡기 문제를 완화해 준다.

꽃은 식물에 있어서 '생식계'에 해당되므로 꽃에서 추출한 오일들 역시 사람의 생식계에 좋은 영향을 미친다. 로즈 오일이나 로즈 제라늄 오일의 경우 여성 호르몬을 조절해 감정의 균형을 도우므로 스트레스와 우울증, 특히 갱년기 문제에 도움이 된다. 뿌리에서 추출한 오일은 신체와 정신을 강하게 해주는 '강장' 효과를 갖고, 열매와 씨앗에서 추출한 오일들은 '활력'이라는 효능과 연결할 수 있으며 따뜻한 성질이 있어 마사지를 해 주면 통증을 완화시켜 준다.

나무의 몸통과 줄기는 사람의 신체에 있어서 '중심'을 의미한다. 나무껍질이나 수지에서 추출한 오일들은 폐, 기관지 문제와 연결할 수 있는데, 마음을 진정시켜 중심을 잘 잡을 수 있도록 해주고 의식의 영역을 확장한다. 때문에 역사적으로 종교 의식에 많이 사용되었다. 프랑킨센스 오일, 미르 오일, 샌달우드 오일은 신과 교감하는 오일이라는 별명이 있다. 명상이나 요가 같은 수련을 할 때 호흡이나 동작에 좀 더 집중하게 해 신경계에 좋은 영향을 미친다.

식물이 어떤 환경에서 자랐는지도 아로마 오일의 특성에 반영이 된다. 예를 들어 티트리 오일은 습지에서 자라는 식물이다. 몸에 상처가 나면 티트리는 에센셜 오일을 만들어 상처 부위를 회복시킨다. 이러한 작용은 사람의 몸에서도 비슷하여 축축해서 생기는 증상에 이 오일을 바르면 효과가 있다. 티트리 오일은 항균, 항염증, 항진균, 항바이러스, 항미생물 등의 효과가 수많은 연구에서 증명되었다. 여드름 때문에 고생해 본 사람들은 티트리 오일이 꽤 익숙할 것이다. 여드름이나 벌레에 물려 크게 부풀어 오르는 피부 등 염증이 있는 곳에 발라주면 좋다. 이 밖에도 곰팡이 균처럼 습해서 생기는 습진이나 무좀, 질염 증세도 완화시킨다.

식물성 오일은 식물의 씨앗이나 아몬드 같은 넛트 종류를 압착해서 얻는데, 아로마테라피에서는 아로마 에센셜 오일을 피부에 잘 흡수시키기 위해 사용한다. 아로마 오일을 운반해 주는 일을 하므로 캐리어 오일(carrier oil)이라고도 하고 베이스 오일(base oil) 또는 식물성 오일(vegetable oil)이라고도 부른다. 식물성 오일은 스위트 아몬드 오일, 살구씨 오일, 호호바 오일, 아보카도 오일, 포도씨 오일, 올리브 오일 등 종류가 다양하다. 식물성 오일은 대게 비타민을 비롯해 불포화지방산, 오메가 3, 6 등 영양이 풍부하기 때문에 아로마 오일에 민감한 피부는 식물성 오일만 사용하는 것으로도 피부 문제에 효과를 볼 수 있다.

피부에 바로 적용할 수 있도록 아로마 오일을 희석할 때는 피부 컨디션에 따라 식물성 오일을 선택한다. 나는 스위트 아몬드 오일과 호호바 오일을 가장 선호한다. 부작용이 거의 없고 미용적 또는 치유적 효능이 좋기 때문이다. 특히 스위트 아몬드 오일은 각질 제거에 최고여서 피지를 녹여 주는 시트러스계 아로마 오일을 첨가해 클렌징 오일을 만들어 마사지하면 따로 각질 제거를 할 필요가 없다. 게다가 가을, 겨울처럼 몸이 건조할 때는 영양이 풍부한 아몬드 오일을 발라 주면 건조해서 생기는 가려움도 완화된다.

호호바 오일은 피부의 피지 성분과 가장 유사하여 흡수가 잘 되고 과도한 피지를 조절해 준다. 그러므로 지성용 피부는 호호바 오일로 만든 페이스 오일을 사용하면 좋다. 만드는 방법은 간단하다. 피부 타입에 맞는 식물성 오일과 아로마 에센셜 오일을 선택해 섞어 주면 된다. 내가 즐겨 사용하는 오일은 호호바 오일 10ml에 라벤더나 네롤리, 자스민 같은 꽃에서 추출한 오일을 두 방울 떨어뜨려 만든다. 냉방이나 난방이 심한 곳에서도 얼굴이 당기지 않는 것을 보면 호호바 오일이 피부의 수분 증발을 잘 막아 주고 있는 듯하다.

짜이티와
프로스트

이건 비밀인데, 나는 시간을 여행하는 방법을 알고 있다. 영화 〈마담 프루스트의 비밀정원〉 속 주인공 폴이 허브 티와 마들렌을 먹고 과거의 추억으로 들어가는 것처럼. 나는 인도 차 '짜이'를 마시면 과거로 날아간다. 막 끓여낸 짜이 향을 맡고 한 모금 넘기면 입안에 남아 있는 진한 향신료 향이 인도를 여행하던 스물한 살의 그때로 나를 데려간다.

인도에서 슬리핑 버스라는 침대가 달린 야간 버스를 타면 새벽에 한두 번씩 휴게소에 들른다. 그러면 사람들은 화장실도 가고 출출한 배를 채울 간식을 사기도 한다. 휴게소 옆에 나무로 지어진 허름하고 오래된 오두막 같은 곳에는 껌, 과자, 사탕, 일회용 샴푸, 휴지 같은 걸 걸어 놓고 팔고 있다. 달달한 과자 향과 인도 특유의 향신료 향, 인도의 신들을 그린 화려한 컬러의 태피스트리(색실을 짜넣어 그림을 표현하는 직물 공예), 그리고 주인이 사용하는 낯선 언어의 소리 등 감각을 자극하는 온갖 것들이 뒤섞여 이국적이고 독특한 분위기를 자아낸다. 그래서일까. 작고 볼품없는 외관과 달리 그 안으로 들어서면 뭔가 특별한 느낌이 든다.

매점에서 파는 과자들도 재미있다. 맛이 있다 없다로 표현할 수 있는 게 아니다. 어떤 과자는 야채인지 향신료인지 알 수 없는 향이 진하게 나고 또 어떤 과자에서는 하이타이(빨래 세제) 향이 났다. 겉포장에서 유추한 것과는 전혀 다른 뜻밖의 맛과 향이 나는 간식들이 많았다. 나는 휴게소에 들를 때마다 재미로 새로운 과자를 하나씩 까먹으며 성공과 실패를 기록하고 다녔다.

사실 새벽 휴게소의 백미는 다른 데 있었다. 휴게소 앞에는 늘 커다란 솥을 걸고 불을 때서 뭔가를 끓여 팔고 있었다. 바로 짜이라는 차(tea)였다. 홍차에 우유와 설탕 그리고 생강, 정향, 시나몬, 카다멈 같은 향신료를 넣어 만든 인도식 밀크티다. 우리 돈으로 200원이 조금 안 되는 돈을 내면 사 먹을 수 있었다. 짜이를 다 마시고 나면 몸이 따뜻해지면서 새벽 추위에 움츠렸던 어깨가 쫘악 펴지는 느낌이었다.

솥은 얼마나 오래 사용했는지, 그곳에서 족히 오백 년 동안 짜이를 끓여낸 것 같은 아우라를 풍기고 있었다. 짜이를 파는 아저씨는 국자로 솥을 젓다가 그 뜨거운 차를 손바닥에 쪼로록 따라 맛을 보기도 했다. 손님이 오면 작은 도기 잔에 짜이를 따라 주는데, 다 마시고 나면 잔을 바닥에 탁 던져 깨뜨리면 됐다. 마치 하나의 퍼포먼스를 보는 듯했다. 옆에 서서 그 모습을 구경하고 있었더니 솥 가장자리에 말라붙어 과자처럼 딱딱해진 부분을 뜯어서 준다. 그걸 얻어먹으려고 서 있었던 건 아니지만 못 이긴 척 받아먹었다가 그 맛에 깜짝 놀랐다. 얼마나 맛있던지. 부드러운 우유맛, 생강맛, 계피맛, 약간 더 매운 어떤 향들이 뒤섞여 긴 시간 농축되어 평생 잊을 수 없는 특별한 향과 맛이 났다.

그때 그 맛과 견줄 수는 없지만 아쉬운 대로 가끔 짜이를 시켜 그 향을 음미해 본다. 그러면 그때 차를 끓여내던 커다란 솥, 그 안에서 끓고 있던 짜이 향, 휴게소 앞 자욱하게 깔려 있던 새벽 안개, 추워서 어깨에 걸쳤던 숄의 색깔 등 그날의 모든 것이 십수 년이 지난 지금도 어제처럼 선명하게 떠오른다. 이게 바로 내가 과거로 여행하는 비법이다.

이렇게 향은 때때로 사람의 과거로, 또 특별한 기억의 순간으로 데려간다. '프루스트 효과'라고도 부르는 이 현상은 사실 누구나 경험해 보았을 일이기도 하다. 특정 향을 맡고 과거의 기억이 떠오르는 것 말이다. 향은 감정의 궤도 함께하기 때문에 어떤 향을 맡으면 기분이 좋아지지만 어떤 향은 불쾌한 기분이 든다. 그렇다면 향과 기억은 왜 함께 하는 걸까. 냄새를 맡고 기분이나 감정의 변화가 생기는 이유는 뭘까.

이는 후각의 메커니즘을 알면 이해할 수 있다. 냄새를 맡을 때 냄새 분자는 코의 점막에 착 달라붙어 점막에 있는 후각 상피 세포를 자극해 뇌의 변연계로 전달된다. 뇌에서는 후각 세포가 전달하는 정보들을 인지해 냄새를 인식하는데, 이 변연계는 후각뿐 아니라 기억, 감정, 욕구, 행동 등에 관여한다. 때문에 향 또는 냄새가 식욕이나 성욕 같은 욕구와 화, 분노, 기쁨 같은 감정 반응, 동기 부여와 행동의 변화를 일으키며, 때로는 기억의 깊은 부분까지 자극한다.

후각 세포 끝에는 섬모가 달려 있는데 이곳에 후각 수용체가 있다. 책 《향, 향수 이야기》에 이 후각 수용체에 대한 재미있는 이야기가 나온다. 남성의 땀에서는 샌달우드(Sandalwood, 백단향) 향이 난다. 그런데 이 향을 맡으면 피부에 있는 후각 수용체가 활성화되어 피부 재생 속도를 높인다는 것이다. 이 후각 수용체는 후각 세포에만 있는 게 아니다. 피부 각질 세포뿐 아니라 장, 신장 같은 장기 세포, 심지어 정자에 이르기까지 온몸에 있다고 한다.

그렇다면 아로마테라피에 사용하는 아로마 오일이 신체 증상에 따라 각 기관에 있는 후각 수용체를 활성화시켜 긍정적인 효과를 낼 수도 있을 것이다. 미래에 의학이 더 발달해서 향을 맡는 것만으로 상처가 치료되거나 더 나아가 암 같은 중증 병들을 치료할 수 있다면, 그래서 고통스런 치료 과정을 향을 맡는 것으로 대신할 수 있다면 얼마나 좋을까 상상해 본다.

좋은 향은 신경계에도 좋은 영향을 미쳐, 기분 좋은 상태를 만들어 주고 긍정적인 마음을 갖도록 해 준다는 사실이 여러 연구를 통해 밝혀졌다. 예를 들어 라벤더 향을 맡으면 혈압이 떨어지고 긴장감이 완화되어 스트레스를 낮춰주듯, 자신의 컨디션에 필요한 향을 적절하게 활용하여 기분을 관리하면 면역계가 활성화되어 간접적으로 건강을 유지하는 데에도 도움이 된다.

그러면 자신에게 맞는 아로마 향은 어떻게 찾을 수 있을까? 내가 사용하는 방법은 이렇다. 우선 상담을 통해 몸과 마음의 상태에 대해 이야기를 나눈다. 예를 들어 잦은 두통 때문에 불편하다면 두통의 원인을 함께 찾는다. 그 원인이 스트레스 때문인지, 목이나 어깨 근육이 경직되어 순환이 안 되는 것인지, 소화 문제가 있는지 알아본다. 원인의 실체를 알았다면 그에 맞는 아로마 향들을 추천할 수 있다. 추천한 향들을 하나씩 맡아보게 한 뒤 그 중에 본인에게 가장 끌리는, 기분 좋게 느껴지는 향을 선택한다.

그러나 어떠한 효과를 기대하기보다 그냥 기분을 좋게 하기 위해 아로마 오일을 사용할 수도 있다. 그럴 때 역시 향을 맡아보고 선택하길 추천한다. 후각은 매우 주관적인 영역이어서 내게 아무리 좋은 향이라 해도 다른 사람도 같게 느끼리라고 단정지어 말할 수 없다. 즉 특정 향이 최고라는 보편적인 답은 없다. 무엇보다 아로마테라피에서는 아무리 효과가 뛰어나도 그 향이 거북하게 느껴진다면 치유적인 효과도 떨어진다고 여긴다. 그러므로 자신에게 딱 맞는 아로마 오일을 찾으려면 직접 향을 맡으며 경험해 보는 것이 좋다. 한 가지 덧붙이자면 내가 좋다고 느끼는 향이 내 몸에 필요한 향일 확률이 높다.

만약 제품을 판매하는 경우라면 주문한 제품과 함께 특정 향을 추가해 보내 주는 방법도 제안하고 싶다. 공간을 운영하는 사람들도 마찬가지다. 어떤 브랜드 또는 공간을 인식할 때 시각적인 요소만 있을 때보다 후각적인 요소가 함께할 때 사람들은 더 잘 기억한다. 브랜드의 특정 향을 맡을 때마다 그 제품이나 공간을 함께 떠올릴 것이고, 만약 그 향이 좋다면 브랜드에 대한 이미지도 긍정적으로 기억될 것이다.

'좋은 신발이 좋은 곳으로 데려다 준다.'는 말처럼, 나는 종종 향기가 좋은 인연들을 데려다 주는 것 같다고 생각한다. 누군가에게 향, 특히 에센셜 오일을 선물하는 것은 정성을 들이는 일이다. 상대방의 취향이나 성격, 또는 몸과 마음의 컨디션 등 여러 요소를 세심하게 고려하기 때문이다. 이토록 번거로운 과정임에도 향을 선물로 주고 싶다는 건 그만큼 상대를 생각하는 애정이 크기 때문이란 생각도 든다.

향과 함께할 때 그 기억은 더욱 선명해지므로 기억에 남는 인

상을 주고 싶다면 또는 특별한 감정을 전하고 싶다면 향을 선물

하는 것도 좋다.

비오는 날의
아로마

뉴스에 '코로나 블루' 이야기가 나온다. 자가격리 중 생을 포기하는 사람도 있고 완치가 되어도 극심한 후유증에 시달리는 이들도 있다. 코로나 블루뿐 아니라 '코로나 앵그리', 즉 분노를 표출하는 사람들의 증세도 언급되었다. 코로나19가 야기하는 심리적 불안 증세, 우울증 같은 문제를 어떻게 대처해야 하냐는 질문에 아주대학교 심리학과 김경일 교수는 이 문제가 정말 코로나 때문인지 들여다봐야 한다고 했다. 전 세계인이 동시에 겪고 있는 코로나 현상 때문에 우울한 게 아니라 코로나로 사람들을 만나지 못해 우울한 것인지, 전처럼 자유롭게 여행을 하지 못해 우울한 건지. 무엇 때문에 우울한지 정확한 원인을 알아야 해결 방법을 찾고 다음 스텝으로 넘어갈 수 있다는 것이다. 그리고 우울증의 원인은 코로나로 갑자기 생긴 게 아니라 아마도 이전부터 갖고 있던 문제가 코로나로 인해 수면 위로 올라온 것일 수 있다는 것이다.

왜 우울할까. 지금 나의 입장에서 보면 성취감을 느끼지 못해서 그렇다. 우리는 항상 목표를 세우고 산다. 새해가 되면 사람들이 가장 먼저 하는 일이 무엇인지 생각해 보면 그렇다. 새해만 그런가. 새로운 계절, 새로운 달, 한 주의 시작을 앞두고 연초에 세웠던 목표의 큰 틀 안에서 이루고 싶은 하위 목표들과 계획을 점검하며 이루려 애쓴다. 늘 목표 지향적인 삶, 그 아래 결과가 가늠되는 예측 가능한 생활을 하다가 상상도 못했던 어려움이 닥친 것이다. 그것도 내 의지로 어찌할 수 없는 큰 문제에 맞닥뜨리니 급격한 무기력감으로 이어지는 것 같다. 바이러스에 걸릴 수도 있다는 불안감, 생계에 대한 걱정, 계획대로 되지 않을 때 느끼는 좌절감. 한 치 앞도 알 수 없는 미래를 어떻게 준비해야 하는지 모두에게 당황스러운 시간이 아닌가 싶다. 김경일 교수는 "무언가를 길게 버텨내야 할 때는 목표가 아니라 범위를 정해야 한다."고 했다. 어려움을 잘 극복하는 사람들은 목표가 한 개가 아니라 열 개쯤 있다는 것이다. 목표를 잘게 쪼개서 작은 성취감을 지속적으로 느껴야 이 상황을 극복해 나갈 수 있다는 뜻이다.

우울증의 원인이 코로나 바이러스가 될 수도 있고, 인간관계, 누적된 불면, 건강상 문제 혹은 유전적인 문제일 수도 있다. 스트레스가 무조건 나쁘다고 할 수는 없다. 적당한 스트레스는 앞으로 나아가게 하는 동력이 되기도 한다. 하지만 작은 스트레스라도 누적되면 반드시 몸에 증상이 나타나고 몸과 마음을 쇠약하게 한다.

언젠가 나는 인간관계에서 오는 스트레스를 이기지 못해 대상포진이란 병을 두 번이나 겪었다. 오른쪽 얼굴에 그 증상이 나타나서 하마터면 합병증으로 평생 고생할 뻔했다. 대상포진에 걸려 두 번이나 고생하고 나서야 그 관계를 끊을 수 있었다. 어디선가 이런 글을 읽었다.

"내 몸을 해치면서까지 이어 나가야 하는 관계는 없다."

소화가 안 되고 잠도 못 자고 기억력이 떨어지고 심장이 하루 종일 두근거리는 증상이 지속되었다. 대상포진 증상이 나타나기 전에 스트레스가 상당했다는 걸 알아차려야 했는데 그러지 못했다. 내가 감당할 수 있는 문제라고 생각했던 게 가장 큰 착각이었다. 남편도 극심한 스트레스로 이명 증상이 생겼고 결국 오른쪽 귀의 청력을 70% 정도 잃었다. 스트레스는 절대 가볍게 생각할 문제가 아니다.

현대 사회에서 스트레스는 가장 심각한 문제다. 그런데 '스트레스 받지 않는 사람이 어디 있어?'라고 당연하게 생각하면 나중에 반드시 대가를 치른다. 그것도 복리가 되어 빚쟁이처럼 찾아올 것이다. 만약 몸이 아프다면 나의 내면에서 보내는 메시지일 수 있다. 힘드니까 알아 봐 달라는. 그러므로 스트레스를 받고 있는 나의 몸과 마음의 상태를 알아차리는 일이 중요하다. '아, 내가 스트레스를 받고 있구나.' 정확히 인식하고 그때마다 불편함을 해소해 주어야 한다. 스트레스는 호르몬의 균형을 깨뜨리고 몸의 면역력을 떨어뜨려 전반적인 몸의 기능을 떨어뜨린다. 극심한 스트레스를 받은 후 더 늙어 보이는 게 그 이유다. 심하면 암에 걸릴 수도 있다. 스트레스는 건강 문제와 직결되니 '절대' 사소하게 생각하지 말아야 한다.

그렇다면 스트레스를 어떻게 풀까? 향기를 다루는 아로마테라피스트로서 내가 알고 있는 스트레스 해소법을 이야기해 보겠다. 이미 앞에서 설명했듯이 향을 맡으면 후각 시스템에 의해 향기 분자가 뇌의 변연계에 전달되어 사람의 감정과 욕구, 기억력에까지 영향을 미친다. 좋은 향을 맡으면 기분이 좋아지고 악취에는 기분이 상한다. 그러면 어떤 향을 맡아야 할까? 두말 할 필요도 없다.

아로마 오일 대부분이 항스트레스 효과를 갖고 있다. 상태에 따라 조금씩 다르게 작용하지만 대부분 그렇다. 떨어진 기분을 끌어올려주는 향은 시트러스계 오일이 담당한다. 시트러스계 향이 항우울제로 효과적임을 확인한 실험이 있다. 우울증 약을 먹고 있는 환자들을 대상으로 한 그룹은 약만 투약하고 다른 그룹은 오렌지 오일, 자몽 오일, 버가못 오일을 블렌딩해 노출시키면서 약물을 줄여 나갔다. 약 3개월이 지난 후 향에 노출했던 그룹 중 75%가 약을 완전히 끊었고 그 나머지도 반 이상 줄였다고 한다.

만성적인 스트레스의 경우라면 신경이 늘 곤두서 있는 각성 상태일 가능성이 높다. 이럴 때는 꽃에서 추출한 오일들이 도움이 된다. 신경을 안정시키고 몸과 마음을 이완시켜 스트레스를 낮춰 주며 불면증에도 효과적이다. 트라우마가 있거나 외부에서 오는 압력이 심할 때 또는 과한 걱정과 근심이 문제라면 나무에서 추출한 아로마 향이 좋다. 어디에도 흔들리지 않고 마음의 중심을 잡거나 정신을 단단하게 하고 내면의 근육을 만들고 싶을 때 도움이 된다.

스트레스에서 기억할 것은 '이완'과 '스킨십'이다. 사랑하는 사람이 머리를 쓰다듬어 줄 때, 친구가 어깨를 토닥여 줄 때, 아이가 엄마에게 폭 안길 때의 기분을 떠올려 보면 이해하기 쉽다. 마음이 편하면 쉽게 이완 상태가 되고, 부드러운 터치가 있을 때 더 쉽게 이완된다. 때문에 아로마 오일을 신체에 적용할 때는 향을 맡는 흡입법도 좋지만 식물성 오일에 충분히 희석하여 마사지해 주면 더 효과적이다. 특히 마사지할 때의 스킨십은 통증을 줄여 주기도 하니 스트레스를 받을 때는 아로마 오일로 마사지할 것을 추천한다. 혼자서도 충분히 할 수 있다. 손, 발, 종아리, 목과 어깨 등 손이 닿는 곳을 부드럽게 쓰다듬어 주고 손에 남은 향을 깊게 흡입해 보자. 걱정, 근심, 불안한 마음의 무게가 줄어드는 걸 느낄 수 있을 것이다.

＊**스트레스에 좋은 아로마 오일**
　리프레시 : 레몬 오일, 오렌지 오일, 버가못 오일, 자몽 오일
　만성적인 스트레스 : 라벤더 오일, 자스민 오일, 제라늄 오일, 네롤리 오일, 일랑일랑 오일,
　캐모마일 오일
　트라우마 또는 외부 압력 : 사이프러스 오일, 파인 오일, 주니퍼베리 오일, 샌달우드 오일,
　프랑킨센서 오일, 미르 오일, 시더우드 오일

향식(香食)
프로젝트

내 작업실은 광명의 구름산 산기슭에 '금뎅 마을'이라는 작고 아담한 마을에 있다. 구름산의 등산로가 맞닿아 있는 곳으로 주택, 음식점, 카페, 공방이 옹기종기 모여 있다. 빽빽한 아파트 숲을 지나 잠시 숨을 틔울 수 있는 그런 곳이다. 구름산은 예로부터 구름이 많아 붙여진 이름으로 비가 오는 날이면 정말로 구름이 산허리까지 내려온다. 우리 집 발코니에서도 잘 보이는데, 그 때마다 아이를 불러 말한다.

"꼬여누! 빨리 와 봐! 선녀가 내려왔어!"

그럼 아이는 다다다 달려와 깜짝 놀라며 말한다.

"어! 정말이네! 오늘은 선녀님들이 많이 왔네!"

선녀들이 평소에는 하늘에서 살다가 비가 올 때마다 구름을 타고 세상에 내려온다고 말해 주었는데 아이는 정말 그렇게 믿었다. 지금은 선녀 이야기에 코웃음 치는 어린이가 되었지만 말이다.

광명이라는 곳에서 30년 넘게 살았지만 이 마을에 대해 알지 못했다. 작업실을 찾아온 사람들도 이런 곳이 있었냐며 모두 놀란다. 구름산으로 둘러싸여 있는 이 마을은 자연을 느낄 수 있는 도심 속 전원 같은 곳이다. 도심을 떠나고 싶지는 않지만 전원에 대한 로망을 실현할 수 있는, 광명에서 몇 안 되는 곳 중 하나라고 생각한다.

작업실에서 걸어서 5분 거리, 구름산 등산로가 시작되는 곳에 '까치 카페'가 있다. 까치 카페의 SNS에 에그타르트나 애플 파이를 막 구워 냈다는 피드가 올라오면 바로 작업복을 벗고 카페로 달려가곤 했다. 산책 삼아 나가서 달달한 빵을 먹으며 돌아오면 기분이 몹시 좋았다. 특히 비오는 날 안개가 끼면 금뎅 마을은 또 얼마나 운치 있게 변하는지……. 구름 위의 선녀가 된 기분이다.

그 날도 그런 날이었다. 비가 부슬부슬 내려 구름이 마을로 내려앉은 날, 인스타그램 다이렉트 메시지가 왔다. 까치 카페 사장 희원 씨의 초대 메시지였다. 우리는 짬뽕을 먹으며 대화를 나누었다. 친하지 않아서 어색할 만도 한데 이상하게 그렇지 않았다. 서로 나이가 비슷했고 아이를 하나씩 둔 워킹맘이라는 공통점이 있었다. 둘 다 일본에서 살았던 경험도 있었고, 또 무엇보다 하고 싶은 게 많은 욕망도 엇비슷했다.

"이제 커피 말고 문화를 팔고 싶어요."

대화 끝에 그가 이렇게 말했다. 이상하게도 그 말이 내 마음속에 긴 여운을 남겼다. 그 뒤로 몇 번 더 만났을 때였다. 희원 씨가 제안을 했다. 본인은 음식 재료에 관심이 많아서 재료를 연구하고 음식을 만들어 사람들과 나누고 싶은데, 향을 다루는 나와 함께하면 더 재미있을 것 같다는 내용이었다. '음식'과 '향'이라……. 처음에는 이 두 가지를 어떻게 풀어나갈 수 있을까 갈피를 잡을 수 없었지만 뭔가 새로운 도전일 것 같아 흔쾌히 하겠다고 했다. 뭔지는 몰라도 재미있을 것 같았다.

머리를 맞대고 어떻게 진행하면 좋을지 고민했다. 각자의 장점을 살려 음식과 향이 상충하지 않도록 풀어내는 게 관건이었다. 우리는 마침내 '향신료'라는 키워드로 의견을 모았다. 아로마 오일은 허브 잎이나 과일 껍질, 식물의 뿌리 등 먹을 수 있는 식물에서 추출되는 오일이 많다. 예를 들어 페퍼민트, 로즈마리, 바질, 자몽, 레몬, 오렌지, 펜넬, 생강, 후추 오일 등이 그렇다.

향식 프로젝트는 매번 한 가지 향신료를 테마로 진행된다. 그 향신료에서 추출된 아로마 오일과 잘 어울리는 또 다른 아로마 향을 블렌딩해 제품을 만드는 '향의 시간', 그리고 그 향신료를 베이스로 제철 채소를 요리한 '음식의 시간'으로 구성된다. 아로마 향의 치유적 효능 중 신경계에 좋은 영향을 주는 특성에 초점을 맞춰 아로마 향으로는 '마음'을, 로컬 푸드로 만든 제철 음식으로는 '신체'를 건강하도록 돕는 프로젝트다. 즉 새로운 형식의 건강한 라이프 스타일을 제안하는 '향식(香食) 프로젝트'가 탄생한 것이다. 짝짝짝!!

2020년 1월을 여는 첫 번째 향식 프로젝트의 주제는 '레몬

(Lemon)'이었다. 새해를 맞아 새롭게 시작하는 계절에 에너지와 면역력을 올려줄 수 있는 맛과 향을 기획하면서 레몬이 딱 부합하는 재료라 생각했다. 레몬은 비타민과 항산화 물질이 풍부한 과일로, 면역력을 높여 주어 감기를 예방하고 피로를 해소해 준다. 특히 레몬 향은 뇌를 신선하게 자극해 주는 동시에 정신적 피로를 해소해주고, 보다 합리적인 사고를 할 수 있게 돕는다.

나는 레몬 오일의 효능과, 또 함께 블렌딩하면 시너지를 낼 수 있는 오일들을 소개했다. 그리고 직접 시향해 보고 여러 오일을 블렌딩하여 롤온 용기(향수처럼 사용할 수 있다)에 담아갈 수 있게 했다. 희원 씨는 샐러드, 후무스, 두부 요거트 등 여러 재료들을 색깔뿐 아니라 색다른 질감과 식감으로 느낄 수 있도록 음식을 만들었다. 시각, 미각, 후각을 총 동원하여 맛과 향을 즐길 수 있는 시간이었다. 무엇보다 전혀 모르는 사람들이 취향 하나로 모여 향과 음식을 매개로 쏟아내는 이야기들은 상상 이상이었다. 향식 프로젝트는 계획한 세 시간이 훌쩍 넘어서야 끝이 났다. 참여했던 분들의 후기도 좋아서 뿌듯함을 느끼며 다음 달의 프로젝트를 준비했다.

하지만 유감스럽게도 향식 프로젝트는 1월의 첫 번째 프로젝트가 마지막이 되었다. 2월부터 전 세계에 창궐한 코로나 바이러스 때문에 모임을 갖는 것이 위험 부담이 커서 도저히 진행할 수 없었다. 처음에는 금방 지나가는 전염병이라고 생각하고 잠시 잦아들면 일정을 늦추어 다시 열어 보려고 했지만 상황은 나아지지 않고 점점 더 나빠졌다.

우리는 방향을 바꾸어 향식 프로젝트를 책으로 만들기로 결정했다. 사회적 거리두기로 집에서 보내는 시간이 많아지니 책에 나온 레시피를 보고 향과 음식을 경험하도록 말이다. 말하자면 몸과 마음의 건강을 위한 '맛과 향의 레시피' 책이다.

아로마테라피를 공부한 이후 '미(美)'에 대한 관점이 바뀌었다. 이전에는 보이는 아름다움이 중요했다면, 지금은 몸과 마음의 건강이 균형을 이룰 때 가장 아름다워 보인다. 건강을 잃으면 외모가 아무리 아름다운들 그 빛을 잃는 거라고 생각한다. 하지만 건강하지 못해도 그러한 방향으로 가도록 노력하면 된다. 누구나 완벽하지 않고, 완벽한 건강을 유지하는 일은 매우 어렵기 때문이다. 내가 당한 사고처럼 언제든 건강을 잃을 수도 있으니 방향성을 잃지 않고 몸과 마음의 건강을 위해 조금씩 노력하는 게 중요하다.

생리통
껴안기

여자로 살면서 가장 불편한 점을 꼽는다면? 나에게는 초등학교 졸업 이후 한 달에 한 번씩 치러 왔던 즐겁지 않은 이벤트, '월경'이다. 월경의 사전적 의미는 '성숙한 여성의 자궁에서 약 28일을 주기로 출혈하는 생리 현상'이다. 나는 정신적으로는 전혀 성숙하지 않던 열세 살 때 초경을 했다. '드디어 올 게 왔다!'라는 생각과 심장이 두근두근 뛰던 기억이 난다. 그때부터 지금까지 임신과 수유 기간 2년을 제외한 월경 기간을 계산해 보니 무려 2,268일이었다. 쉬지 않고 월경을 했다면 나의 자궁은 약 6년 동안 피를 흘린 셈이다.

월경이 불편한 이유는 여러 가지다. 우울, 슬픔, 짜증이 소용돌이치는 감정 기복 현상, 소화가 잘 안 되어 더부룩한 장의 상태(더불어 볼록한 아랫배), 배와 허리를 펼 수 없을 정도의 통증, 월경을 알리는 대왕 여드름, 생리대 때문에 생긴 접촉성 피부염, 스트레스, 불면증 등등. 월경을 아무리 좋게 생각하려고 해도 할 수 없는 이유가 너무 많다. 이러한 불쾌한 경험 때문에 월경은 나에게 너무 부정적인 것이었다.

언젠가 월경과 군대를 비교하는 작고 쓸모없는 논쟁이 있었다. 뭐가 더 힘든지 치열하게 비교를 하던 중 누군가 나지막하게 말했다.

"내가 군대를 안 가 봐서 비교하기는 힘들지만, 한 번 이런 상상을 해 봐. 피에 젖은 기저귀를 오십 년 동안 한 달에 일주일 씩 24시간 하고 있다고."

그러자 다른 한 명이 덧붙였다.

"최악은 이거지. 한여름 장마철의 생리기간."

이후 모두가 입을 다물었다는 웃픈 이야기가 있다. 만약 한 번의 생이 더 주어진다면 남자로 태어나고 싶다고 생각한 적이 있는데 그 이유는 오로지 '월경을 안 해도 되니까'였다.

이랬던 내가 월경에 대해 더 이상 부담스럽거나 유난하게 반응하지도 않게 된 것은 역시 아로마테라피를 공부하면서부터였다. 물론 그 전에 먼저 생활 습관에 변화가 있었다.

결혼해서 일본에서 산 지 얼마 되지 않을 때였다. 생리통이 점점 더 심해졌다. 어떤 날은 찜질팩을 끌어안고 하루 종일 누워 있었고, 배가 찢어질 듯한 통증에 진통제를 몇 알 씩 삼키면서 식은 땀을 흘린 적도 있었다. 어느 날 아랫배 쪽에 뭔가 만져져서 병원에 갔더니 계란만한 혹이었고 의사는 당장 수술하라고 했다. 그 길로 한국으로 돌아와 수술을 받았다. 생활 습관의 변화는 바로이 자궁내막증 수술에서 시작되었다.

어떤 책에서는 플라스틱이 생리통의 원인이 된다고 했다. 플라스틱의 환경 호르몬이 몸에 흡수되면 여성 호르몬인 에스트로겐과 유사한 기능을 하여 호르몬을 교란시킨다는 것이다. 환경 호르몬은 생리통뿐만 아니라 자궁내막증 같은 여성 질환의 원인이 되기도 한다. 과거 나의 식생활을 돌아보니 패스트푸드나 가공식품을 사다 먹는 일이 허다했다. 특히 회사 앞 편의점에서 파는 간편식을 수시로 즐겼다. 비닐이나 플라스틱 용기에 담긴 음식들을 전자렌지에 데워 먹거나 플라스틱 용기에 든 음료수, 커피도 매일 먹다시피 했다. 또 마감 때는 스트레스 받으며 밤을 새는 일도 많았고, 야식에 술에 엉망진창이었다. 생각해 보니 몸이 망가지지 않은 게 이상할 정도로 건강과는 거리가 먼 식습관과 불규칙한 생활을 이어왔던 것이다.

수술 후 얼마 동안은 생리통이 없어진 듯했다. 하지만 몇 달이 지나자 통증이 다시 시작되었다. 다만 강도는 많이 약해져 이전에 비해 참을 만한 정도였을 뿐 불편함은 여전했다.

자연스레 내 몸을 들여다보게 되었다. 우리가 먹고 바르는 것이 그대로 몸이 된다는 사실을 잊지 않으려 했다. 먼저 환경 호르몬이 나올 법한 유해한 물질에서 멀어질 필요가 있었다. 제일 먼저 생리대를 면 생리대로 바꾸고, 집안의 플라스틱 용기도 모두 유리 용기로 바꿨다. 향기가 좋은 바디 샴푸 대신 식물성분의 비누를 사용하고, 화장품이나 샴푸를 고를 때도 성분을 꼼꼼히 살폈다. 매일 손목과 귀 뒤에 뿌리던 향수도 더 이상 사용하지 않게 됐다.

일본으로 돌아간 나는 매끼 음식을 직접 만들어 먹기 시작했다. 제대로 된 한 끼를 위해 식재료를 사는 것부터 다듬고 요리를 해서 식탁에 차려 먹기까지 꽤 오랜 수고와 시간이 들었다. 처음에는 혼자 먹는 식사에 이렇게까지 정성을 들일 일인가 생각했지만, 내가 나를 챙겨 먹이는 일이 거듭될수록 건강해지는 느낌이었다. 더불어 나 스스로가 소중한 존재가 되어가는 것 같았다. 물론 조금만 방심하면 쉽게 이전 생활로 돌아갔다. 하지만 그것도 너무 부정적으로 생각하지 않으려 했다. 다만 건강한 습관으로 가려는 방향성만은 잃지 않으려 했다.

아로마테라피를 공부하면서 자연스레 월경전증후군이나 생리통과 관련된 이슈에 눈이 갔다. 생리통의 원인은 월경 직전에 자궁 내막에서 분비되는 '프로스타글란딘' 때문인데, 자궁의 근육이 수축하면서 통증이 생긴다. 생리통 때문에 일상생활이 힘들다면 먼저 산부인과에 내원해 그 원인을 알아보는 게 중요하다. 나처럼 자궁내막증이나 자궁 근종 같은 질환 때문에 생리통이 심할수도 있기 때문이다. 그러나 신체에 특별한 질환이 없다면 아로마 요법을 한 번 시도해 보길 권한다. 실제로 아로마 오일을 블렌딩하여 마사지했던 한 연구에서 라벤더 오일과 제라늄 오일 마사지로 생리통이 38%나 감소했다는 결과가 있다.

월경전증후군은 월경 전에 나타나는 우울증, 신경과민, 부정적인 감정 같은 심리적 증상과 두통, 메스꺼움, 가슴통증, 변비 같은 신체적 증상으로 나타난다. 이럴 땐 클라리 세이지 오일, 제라늄 오일, 라벤더 오일이 도움이 된다. 만약 우울한 감정이 깊다면 버가못 오일이나 로즈 오일을 추가해서 사용하는 것도 좋다. 생리통에 도움이 되는 아로마 오일에는 클라리 세이지, 라벤더, 제라늄, 페퍼민트 오일 등이 있다. 진통 효과가 있는 오일들이고 근육의 경련을 완화시키고 스트레스를 낮춰 주어 심리적으로도 도움이 된다.

내가 월경을 편안하게 보내기 위해 가장 많이 사용하는 오일은 라벤더 오일과 페퍼민트 오일이다. 클라리 세이지 오일과 제라늄 오일을 추가해 사용하기도 하지만, 대게는 저 두 가지 오일만으로도 스트레스와 통증이 가라앉는다. 생리통은 마사지법이 가장 효과적이다. 아몬드 오일 같은 식물성 오일에 라벤더와 페퍼민트 오일을 1:1 비율로 희석해 블렌딩한다. 이를 허리, 아랫배, 골반 같은 통증 부위에 발라 주고 여유가 있다면 따뜻한 팩을 그 부위에 대는 것도 좋다. 월경이 시작되기 2~3일 전부터 하루 두세 번씩 블렌딩 오일로 마사지 해 주면 통증이 심한 월경 첫 날에도 큰 불편함 없이 편안하게 지낼 수 있다. 나는 더 이상 진통제는 먹지 않는다.

월경 기간에는 좀 느슨한 옷을 입는 게 좋다. 꽉 끼는 옷은 몸의 순환을 방해하기 때문이다. 되도록이면 카페인 음료 대신 몸을 따뜻하게 해 주는 차를 마시는 것도 좋다. 또 가벼운 산책이나 무리가 되지 않는 요가 동작을 하면 혈액 순환이 잘 되어 통증이 완화되기도 하며, 몸을 움직이는 것만으로도 기분 좋은 호르몬이 나올 수 있다.

이렇게 나만의 방법을 찾아 그토록 부담스럽고 싫던 월경을 내 몸의 일부로 안고 가게 되었다. 지금은 월경 기간에도 무리 없이 일상을 이어나가고 있으며, 전처럼 지나치게 긴장하거나 부정적인 감정에 매몰되지 않는다. 물론 짜증이나 화가 날 때도 있지만 그런 감정도 '내 마음이 이렇구나.' 하고 알아차리고 가만히 들여다본다. 부정적인 감정이 올라오면 향으로 기분 전환을 하면 되니 미리 걱정하지 않는다.

---

* **생리전증후군과 생리통에 좋은 아로마 오일**

생리전증후군 : 펜넬 오일, 클라리 세이지 오일, 제라늄 오일, 라벤더 오일, 캐모마일 오일

생리통 : 로만 캐모마일 오일, 클라리 세이지 오일, 라벤더 오일, 제라늄 오일, 페퍼민트 오일, 스위트 마조람 오일

생리통에 좋은 차 : 생강차, 쑥차, 캐모마일 티, 로즈힙 티, 라즈베리 티

행복이란
잘 자는 것

언젠가 방송에서 홍진경(모델 출신의 사업가) 씨가 '행복이란 자려고 누웠을 때 마음에 걸리는 게 하나도 없는 상태'라고 했다. 그말에 상당히 공감이 되었다. 나는 여기에 하나 더 덧붙여 '잠'을 추가하고 싶다. 잘 자는 일이 얼마나 중요한지, 삶의 질을 결정하는 가장 중요한 요소가 아닐까 싶다.

세상에는 머리만 대면 잠드는 사람들이 있다. 나의 남편이 그렇다. 어떤 일이 있든지, 어떤 상황에서도 쉽게 잠들 수 있으며 푹 자고 많이 잔다. 그래서 별명이 신생아다. 내가 붙여 주었다. 부부 싸움을 하고 나서도 잘 자는 걸 보면서 예전에는 너무 꼴 보기 싫었는데 요즘은 '그래, 잘 자는 것도 복이다.'라는 마음으로 이해하려 한다. 결혼 10년차, 서로에 대한 측은지심만 늘었다.

사실은 잘 자는 사람이 부럽다. 나는 여행을 가거나 잠자리가 바뀌면 첫 날의 잠은 포기한다. 예민한 탓인지 몸이나 마음이 조금만 불편하면 잠을 이루지 못하는 편이다. 걱정이나 고민거리가 있는 날도 밤을 하얗게 지새우기 일쑤다. 어릴 적에야 밤을 새도 하루 만에 컨디션을 되찾았지만 40대가 되니 잠을 못 자면 길게는 일주일까지 일상생활이 영향을 받는다. 그래서 지금 나에게 가장 중요한 것은 '숙면'이고, 잘 자는 것이 행복과 직결된다고 말할 수 있다.

어떤 사람들은 오히려 괴로울 때 잠에 빠진다. 그건 해결할 자신이 없고 스트레스가 너무 심해서 잠으로 회피하는 것이다. 하지만 회피가 해결 방법이 아닌 만큼 부작용이 있다. 해결하지 못한 것에 대한 죄책감 때문에 우울감이 더 깊어질 수 있는 것이다. 이는 사람마다 방어기제가 다르기 때문인데, 나는 문제를 해결할 때까지 전전긍긍하며 잠을 이루지 못하는 타입이다. 다음 날 역시 폭삭 늙은 내가 남는다. 불면이란 노화의 속도에 불을 붙이는 가속 엔진 같은 게 아닌가 싶다.

수면 부족은 비만의 원인이 되기도 한다. 잠을 못 자면 뇌는 렙틴 호르몬의 분비를 줄이라고 명령을 내린다. 렙틴은 식욕을 억제하고 포만감을 느끼게 하는 호르몬으로, 부족하면 신체는 공복이라고 착각하여 뭔가를 먹게 된다. 밤늦게 작업하다 보면 간식거리를 끊임없이 먹을 때가 있다. 졸려서 피곤한 건데 안 먹어서 힘이 없는 거라고 착각하는 것이다. 대단한 착각이다. '야! 이 렙틴 호르몬아!' 하고 원망해도 소용없다. 제때 자지 못해서 그런 거니까 말이다. 또 스트레스 받을 때 나오는 코르티솔 호르몬은 지방 분해를 억제해 지방이 그대로 몸에 쌓이게 한다. 우리 몸은 호르몬이 지배한다고 해도 지나치지 않다. 건강에서 혈관만큼 중요한 것이 바로 이 호르몬 관리다.

불면이 누적되면 면역력 저하로 이어져 몸의 전반적인 기능이 떨어지고 이는 다시 심리적인 문제로 이어지기 쉽다. 스트레스는 불면은 물론이고 모든 병 - 심지어 원인을 알 수 없는 병까지 - 의 원인이다. 스트레스를 받지 않는 것이 가장 중요하지만 현실적으로 가능한 일인가 싶다. 이렇게 자신의 노력으로 몸이나 감정을 조절하기 힘들 때 향기 물질, 즉 아로마 에센셜 오일에 잠시 맡겨 보는 건 어떨까. 식물의 치유적인 힘을 빌리는 것이다. 다만 아로마 요법은 만병통치약이 아니므로 어디까지나 원인이 분명한 가벼운 증상에 보조적으로 적용해야 한다. 일상생활에 지장을 줄 정도로 증상이 심하다면 역시 병원을 찾는 게 우선이다.

숙면에 도움이 되는 아로마는 라벤더 오일처럼 꽃에서 추출한 오일과 오렌지 오일, 버가못 오일 같은 시트러스계 오일, 또는 프랑킨센스 오일처럼 나무에서 추출한 오일들이 있다. 이 향들은 직간접적으로 스트레스를 낮추고 신경을 안정시켜 주므로 이 중에서 가장 좋아하는 향을 골라 사용하면 된다. 일본에서 실행했던 임상 실험 중에 암환자들이 수술 후 겪는 불안 증상과 수면 장애에 라벤더 오일을 사용해 마사지해 주었더니 환자의 반 이상이 잠드는 데 도움이 되었다고 한다.

내가 가장 좋아하고 효과를 본 '꿀잠'을 위한 오일 블렌딩은 로만 캐모마일, 오렌지, 버가못 오일의 조합이다. 각각의 오일을 화장솜 위에 한두 방울씩 떨어뜨리고 머리맡에 둔다. 베갯잇 위 피부에 직접 닿지 않는 곳에 떨어뜨려도 된다. 단, 오렌지 오일은 색깔이 있어서 적합하지 않을 수 있다. 이때 깊은 호흡을 하는 게 좋다. 심호흡은 긴장과 불안을 가라앉히는 최고의 방법이다. 코로 숨을 깊이 들이마시고 잠깐 멈춘 뒤 입으로 천천히 길게 내쉬면 된다. 이렇게 심호흡을 하면 부교감 신경이 활성화되면서 몸과 마음이 이완 상태가 되어 편안히 잠들 수 있다.

낮에 햇빛을 쬐는 것도 중요하다. 햇빛을 쬐며 가벼운 산책을 하는 것만으로도 세로토닌 같은 행복 호르몬이 나온다. 산책은 어떤 옷을 입어도 상관없고 물병 하나만 들고 나가면 되니 얼마나 간편하고 좋은 운동법인지 모른다. 적당히 몸을 써야 뇌에도 좋고, 적당히 피곤하면 잠들기도 쉽다.

잠들기 한두 시간 전에 따뜻한 물로 샤워를 하는 것도 숙면을 돕는다. 뜨거운 물로 샤워하면 오히려 교감신경을 활성화시켜 각성 상태로 돌아서니 체온보다 약간 높은 정도의 따뜻한 물이 좋다. 샤워보다 더 좋은 건 반신욕이다. 특히 가을과 겨울철 체온이 떨어지기 쉬운 때 40도 정도의 따끈한 물로 반신욕을 하면 혈액순환이 되어 체온을 올릴 수 있다. 올라갔던 체온이 떨어지면서 졸음이 온다고 하니 목욕으로 체온을 올려 주는 게 중요하다. 목욕 물에 라벤더 오일 같은 숙면에 좋은 아로마 오일을 떨어뜨리면 피부에 흡수되는 동시에 향을 흡입할 수 있어 쉽게 몸과 마음이 이완된다.

숙면을 위해 꼭 기억해야 할 것이 있다. 바로 휴대전화를 침대에서 멀리 두는 일이다. 잠이 안 온다고 휴대전화 화면을 켜는 순간 저 멀리 잠과 함께 달려오고 있던 멜라토닌을 되돌려 보내는 셈이다. 멜라토닌은 생체 시계를 조절해 우리 몸이 잠들 수 있게 해 주는 호르몬으로, 불빛이 하나도 없을 때 나온다.

중학교에서 강의를 할 때였다. 의외로 불면증을 겪는 아이들이 많았다. 원인은 휴대전화 때문이었다. 한 학생이 고백하기를 자신이 휴대전화 중독이어서 자다가 몇 번씩 휴대전화를 들여다본다고 했다. 그러면 다음날 너무 피곤한데도 밤마다 그 짓을 반복하고 있는 자신이 한심해 잠들기 전에 휴대전화를 검은 비닐봉지에 담아 방문 밖 문고리에 걸어 놓는다고 했다. 그러면 휴대전화를 확인하고 싶어도 귀찮아서 결국 잘 잔다는 이야기였다. 검은 비닐봉지라. 완벽한 차단을 하고 말겠다는 강한 의지가 느껴졌다.

검은 봉지 요법은 정말 유용한 팁인 것 같다. 나 또한 그렇다. 잠들기 전까지 휴대전화를 들여다보는 나쁜 버릇이 있었다. 휴대전화에 알람을 맞추고 머리맡에 두었다가 잠이 안 오면 너무 쉽게 휴대전화에 손이 갔다.

모든 건강 문제가 그렇지만 불면증의 원인이 특별한 질병에서 온 게 아니라면 잘못된 생활습관에서 비롯된 건 아닌지 확인할 필요도 있다.

＊숙면에 도움이 되는 아로마 오일

라벤더 오일, 로만 캐모마일 오일, 스위트 마조람 오일, 로즈 오일, 버가못 오일, 오렌지 오일, 샌달우드 오일, 프랑킨센스 오일, 네롤리 오일, 일랑일랑 오일

통증은
마음이야

교통사고 후유증으로 진통제는 나의 필수품이었다. 진통제 부작용으로 몸이 망가져도 너무 아프니까, 짧은 몇 시간 만이라도 통증을 없애 보려고 약에 의존했다. 몇 년간 그랬던 것 같다. 그러나 아로마 오일을 알게 된 이후 일상에 작은 변화가 생겼다. 정확하게 말하면 더 이상 진통제에 의존하지 말고 내 몸 안의 치유력을 길러보자 다짐하던 그 때부터였다. 여기서 더 나빠지지 않도록, 더 아프지 않도록 나를 돌보기로 결심했다.

아침에 일어나서 컨디션을 살피는 것으로 하루를 시작했다. 내 몸에 질문을 하는 방법인데, 우선 머릿속에서 내 몸 부위를 하나하나 떠올린다.

'머리야, 오늘은 어때? 괜찮아?' 다정히 묻는다. 그리고 머리가 되어 대답한다.

'잠을 잘 못 자서 개운하지 않군.' 그럼 또 내가 답한다.

'그래. 뇌를 상쾌하게 깨우는 레몬 오일을 발향시켜 줘야겠어. 목과 어깨야, 그쪽은 어떠니?

'아, 밤새 뻣뻣해졌어. 목이 잘 안 돌아가네'

'응. 이따가 페퍼민트 오일로 마사지해 줄게. 등아, 넌 어때? 아, 뻐근하다고? 알았어. 요가 동작으로 풀어 주겠어!'

이런 식으로 컨디션을 하나하나 체크해주는 거다. 이 모습을 상상하면 좀 웃긴데, 다른 사람이 보기에도 그랬나 보다. 하루는 출근하는 남편이 입가에 희미한 미소를 띠며(입술 한 쪽이 더 올라갔던 것 같기도 하고) 이런 말을 했다.

"민희야, 넌 정말 너를 사랑하는 거 같아."

맞다. 그렇게 생각한다면 맞게 본 것이다. 이건 내 몸이 보내는 신호를 알아차리는 일이자 가장 중요한 일이다. 나는 아로마 향을 발향시키고 거울을 보며 열심히 마사지를 하는 중이었다. 내 몸과 대화를 나누면서 말이다.

아로마 오일을 통증 부위에 바르고 향을 맡는 것만으로도 두통 같은 증상은 점차 호전되었고, 특히 통증 부위를 마사지해 주면 훨씬 더 효과가 좋았다(통증에는 향을 흡입하는 방법보다 마사지가 효과적이다). 이처럼 아로마 오일 중에는 신체에 적용했을 때 통증을 완화시켜 주는 오일들이 있다. 혈액 순환에 일등으로 꼽히는 로즈마리 오일이나 페퍼민트 오일이 대표적이다. 라벤더 오일은 진통 효과는 약하지만 진정 효과가 뛰어나 스트레스를 낮추고 신경을 안정시켜 주는 효과가 있으며, 특히 편두통에 사용하면 도움이 된다. 국화과 식물인 저먼 캐모마일 오일은 항염증 작용이 뛰어나서 통증에 좋은 오일들과 블렌딩하면 염증 때문에 생긴 통증에 도움이 된다. 또 향신료에서 추출한 오일은 따뜻한 성질을 가지고 있어서 혈액 순환을 촉

진하여 신체 기능을 활성시켜 주는데 진저 오일이 대표적이다. 이 중 가장 추천하는 오일을 꼽으라면 페퍼민트 오일과 진저 오일이다. 가능하다면 여기에 라벤더 오일이나 저먼 캐모마일 오일 중 하나를 함께 블렌딩할 것을 추천한다.

나는 추운 겨울에는 따뜻한 느낌의 진저 오일(로즈마리 오일로 대체 가능)을, 따뜻한 계절에는 시원한 느낌의 페퍼민트 오일을 통증 부위에 사용한다. 특히 겨울에 혈액순환이 잘 되지 않아 손발이 차가우면 잠들기 힘들다. 그럴 때는 먼저 따뜻한 물로 샤워를 하고 진저 오일을 아몬드 오일에 희석해 발바닥과 손에 발라 가볍게 마사지를 해 준다. 그런 다음 이불을 턱 끝까지 덮어 주면 따뜻한 기운이 발끝, 손끝에서부터 온몸으로 퍼져 아주 기분 좋게 잠들 수 있다. 혹시 수족냉증처럼 몸이 차서 고생이라면 따뜻한 생강차를 마시고 진저 오일로 마사지하면 몸이 더 빨리 따뜻해진다. 체온이 떨어지면 염증이 더 잘 생기는 몸으로 변한다고 하니 체온 관리도 소홀히 하면 안 될 것 같다.

페퍼민트 오일은 박하 계열의 허브에서 추출한 것으로 멘솔 (menthol) 성분의 함량이 높다. 멘솔은 물파스를 바르면 피부 표면이 화하게 느껴지게 하는 알코올 계열의 유기 화합물이다. 이 성분은 강한 진통 작용이 있어 두통이나 근육통이 있는 부위에 바르면 근육이 시원해지고 순환을 도와 통증이 완화된다. 페퍼민트 오일이나 스 피아민트 오일을 시향하면 사람들은 '아, 껌 냄새!'라고 표현할 만큼 식향에도 많이 사용되는 익숙한 향이다. 페퍼민트의 시원한 향은 맡 는 순간 기분을 전환시켜 주므로, 복잡한 생각으로 뇌에 과부하가 올 때 맡으면 도움이 된다. 페퍼민트 오일의 즉각적인 효과 때문에 성미 가 급한 한국인들이 가장 선호하는 향으로도 꼽힌다고 한다.

　한 번은 아로마 오일을 판매하는 곳에서 시향을 하고 있었다. 주인 인 듯한 분이 페퍼민트 오일을 떨어뜨린 면봉을 내 콧구멍에 꽂아 주 었다. 말릴 틈도 없이 너무나 신속하게 벌어진 일이었다. 오일의 효 능을 알려 주시고자 친절을 베푸신 것이라 해석하겠지만 사실 페퍼 민트 오일은 코 점막에 자극적일 수 있어 권하지 않는다. 다행히 나 는 그다지 민감한 피부가 아니라 좀 맵긴 해도 당시 미세먼지로 답답 하던 코가 뻥 뚫려 기분이 상쾌했던 기억이 난다. 페퍼민트처럼 잎에 서 추출한 오일들은 통증뿐 아니라 호흡에도 좋다. 비염이 있다면 페 퍼민트 오일이나 유칼립투스 오일을 곁에 두고 수시로 향을 맡길 권 한다.

　직장인이라면 거의 목과 어깨 부위에 통증이 있다. 한 자세로 컴퓨 터 작업을 오래 하거나 스트레스를 많이 받으면 유독 이 부위가 경직 된다. 심하면 아프고 열감까지 느껴질 때도 있다. 이럴 때 페퍼민트 오일과 라벤더 오일을 함께 사용해 근육을 마사지해 주면 좋다. 아몬드 오일(없다면 무향의 로션이나 바디 오일)에 페퍼민트, 라벤더 오일을 한 방울씩 떨어뜨려 목과 어깨에 바르고, 마사지하면 한결 편안해진다. 페퍼민트 오일은 강한 진통 효과를, 차가운 성질의 라벤더는 열감이 있는 근육통을 완화시켜 주기 때문이다. 목과 어깨가 경직되면 순환이 안 되어 두통을 유발할 수도 있고, 승모근이 점점 솟아올라 목이 짧아 보일 수도 있다. 이를 예방하기 위해서 틈틈이 근육을 풀어 주어야 한다. 이 두 가지 향은 신경계에도 작용해 스트레스를 낮춰 주므로 최고로 추천하는 꿀조합이라 할 수 있다.

그래서 이제는 통증이 없냐고 묻는다면 답은 '아니요.'다. 어쩌면 통증은 평생을 함께할 친구 같은 존재일지 모른다. 이제는 안다. 통증은 완벽하게 없어지진 않지만 줄일 수 있다는 것을. 통증을 싫어하고 두려워하기보다 평생 나와 함께 할 친구라고 인정하고 받아들이면 마음이 편하다. 대부분의 몸의 통증은 마음에서 오는 경우가 많았다. 통증이 어디서 시작되었는지 알아차리는 것이 먼저고 잘 달래 주는 게 그 다음이다. 나는 통증을 친구라 생각한다. 친구가 화를 내면 향기롭게 달래서 같이 잘 지내는 쪽으로 방법을 찾은 것이다.

＊**통증에 좋은 아로마 오일**
로즈마리 오일, 페퍼민트 오일, 유칼립투스 오일, 스위트 마조람 오일, 저먼 캐모마일 오일, 진저 오일, 블랙페퍼 오일, 라벤더 오일

어린이를
위한
아로마

일본에서 신혼생활을 시작한 나는 출산을 위해 잠시 한국에 나와 있었다. 산후 조리를 마치고 도쿄 집으로 돌아갈 예정이었지만 출산 한 달을 앞두고 일본에서 대지진과 방사능 사고가 일어났다. 지진보다 방사능이 더 문제였다. 일상 속에서 방사능의 공포와 스트레스를 이겨내며 세상에 막 나온 딸아이를 키워낼 수 있을까? 우리 부부의 가장 큰 고민이었다. 유학 중이던 남편은 공부하던 과정이 남아 있어서 한국으로 바로 들어올 수 없었다. 결국 나와 아기는 한국의 친정에 남기로 결정했다.

아이가 두 돌이 되던 해였다. 남편은 일본에서의 생활을 정리하고 아이의 생일에 맞춰 한국으로 돌아왔다. 비로소 우리 세 명이 함께 살게 된 것이다. 결혼한 이후로 친정집에서 지낸 2년 동안 부모님께 받는 도움이 고맙기도 하고 죄송하기도 했다. 당시 여러 가지 이유로 마음이 고단했고, 무엇보다 떨어져 살던 가족이 함께한다는 사실이 기뻤다. 그런데 아이는 좀 달랐다.

"왜 날 여기로 데려온 거야?! 날 도로 데려다 놔!"

이사 첫 날 욕실에서 목욕을 시키는데 화를 내며 소리쳤다. 아이는 할머니 집에서 나온 것도 싫고, 낯선 곳에서 '아빠'라는 낯선 사람과 왜 같이 있어야 하는지 이해하지 못했다. 아침에 눈을 떴을 때 처음 본 사람이 아빠면 심하게 짜증을 내면서 나를 더 찾았다. 무엇보다 새로운 집에서 아이는 쉽게 잠들지 못했다. 밤늦게까지 버티며 지쳐 떨어질 때까지 잠을 참았다. 그전에는 잠자리에서 책을 서너 권 읽어 주고 토닥여 주면 잠들었는데 한 시간 이상 책을 읽어 줘도 잠들 기미가 없이 계속 읽어 달라고 요구해 내 목소리가 다 쉴 정도였다.

안 자려는 애를 억지로라도 재우려 했던 건 성장이 걱정되어서였다. 조바심이 나서 성장 호르몬이 나온다는 '밤 10시부터 새벽 2시'에 집착했던 것이다. 그렇게 잠에 집착할수록 우리 둘 다 스트레스가 커졌다. 늦게 자는 것 치고 아이의 성장치가 늘 평균을 가리키고 있었다. 그 데이터를 몇 번 더 확인하고 나서야 '잠'에 대한 집착을 내려놓았다.

아로마테라피를 공부하면서 아이를 재우는 방식을 바꾸었다. 마음을 편안하게 해 숙면에 도움이 되는 아로마 오일과 마사지를 배우게 된 것이다. 방법은 이렇다. 우선 따뜻한 물로 아이를 씻기고, 침실은 어두운 조명 하나만 켜둔다. 이는 '곧 잠을 잘거야.'라는 암시를 주는 것이다.

"조금만 놀다가 잘 거야. 그런데 아주 조용히 말해야 해. 크게 말하는 사람은 간지럼 공격을 당할거야."

조용한 목소리로 이렇게 말하면 아이는 키득키득 웃으며 조그

마한 목소리로 "알았어."라고 말한다.

아이를 자리에 눕히고 화장솜에 스위트 오렌지 오일을 한두 방울 떨어뜨려 배갯잇 속에 넣어 주었다. 오렌지 오일이 바로 아이를 꿈나라로 떠나게 해 주는 마법의 주문이다. 손바닥에 아몬드 오일을 적당히 덜고 거기에 오렌지 오일을 한 방울 떨어뜨린다. 손바닥을 비벼 잘 섞어 준 뒤 아이의 발바닥부터 시작해 발목, 종아리, 무릎 순으로 오일을 발라 준다. 다시 발로 내려와 발등을 쓰다듬고 발가락을 하나하나 꾹꾹 눌러 마사지를 해 주면서 아이와 대화를 한다. 오늘 유치원에서 어떻게 보냈는지, 가장 좋았던 일, 가장 안 좋았던 일, 또 내일은 뭘 하고 싶은 지 조용히 이야기를 나눈다. 화나는 일이 있다면 같이 화도 내고, 자랑하는 일이 있으면 칭찬도 해 주었다. 엄마가 공감을 해 주니 아이도 마음이 풀어지면서 짜증 대신 미소를 지었다. 그리고 발바닥의 움푹 파인 곳을 꾹꾹 눌러 주고, 발목에서 무릎 방향으로 종아리 근육을 풀어 주듯 부드럽게 마사지를 해 주었다. 마지막으로 따뜻해진 손바닥으로 양 무릎을 감싸면 아이는 눈을 감고 쌔근쌔근 잠에 들곤 했다.

오렌지 향을 사용한 많은 임상 데이터에서 오렌지 향이 부교감 신경계의 활동을 증가시켜 긴장과 불안을 완화하고 스트레스를 낮춰준다고 보고되었다. 때문에 달콤하고 따뜻한 오렌지 향을 맡으면 마음이 편안하게 안정되면서 숙면으로 이어진다. 최근 한 방송에서도 오렌지 오일이나 오렌지 껍질 향을 맡은 것만으로 뇌파가 안정되어 쉬이 잠들 수 있다는 것을 보여주는 실험을 보여준 적이 있다. 잠자기 전에도 좋지만, 학교 가기 전이나 새로운 장소를 가야 할 때 아이에게 오렌지 향을 맡게 해 긴장을 풀어 주는 데 사용한다. 특히 치과 같이 긴장이 최고로 높아지는 병원에 갈 때 특효다.

어른들과 달리 아이들은 대게 시트러스 계열의 과일향을 좋아한다. 레몬, 오렌지, 만다린, 라임, 자몽 같은 감귤과의 과일 껍질에서 추출하는 오일들이다. 이 오일들은 가볍고 신선한 과일 향을 갖고 있어 그 달콤한 향을 맡으면 기분이 좋아지고 침샘이 자극되어 식욕이 돋기도 한다(자몽은 예외. 자몽은 식욕을 조절해 준다). 한 번은 제품을 홍보하느라 전시회에 참가했던 적이 있다. 그때 오렌지 향을 시향하던 분이 갑자기 배에서 꼬르륵 소리를 내며 배가 고프다고 해서 웃었다. 정말 배가 고팠을 수도 있지만 오렌지 향에는 소화를 돕고 식욕을 끌어 올려 주는 효과도 있어서 그랬다고 생각한다. 아이가 밥을 잘 먹지 않아서 고민이라면 식전에 오렌지 향을 은은하게 발향 시켜주는 것도 도움이 된다.

눈을 감고 오렌지를 떠올려 보라. 작열하는 햇빛 아래 탱글탱글 잘 익은 과실이 연상될 것이다. 오렌지는 태양 에너지를 듬뿍 받고 자라난 과일인 만큼 따뜻한 양(陽)의 성질을 갖고 있다. 그래서 차가워서 생기는 증상에 사용하면 도움이 된다. 가령 배가 차가워지면서 아프거나 설사를 할 때, 긴장해서 손발이 차가워질 때 배에 오일을 바르거나 향을 흡입하면 증상이 완화된다. 그래서 나는 여행갈 때 오렌지 오일을 꼭 챙긴다.

어린이 불면에 오렌지 오일이 좋다는 것을 진즉에 알았다면 얼마나 좋았을까. 안 자면 혼쭐을 내는 도깨비 앱으로 아이를 협박하지 않고 향기롭고 따뜻한 스킨십으로 재웠을텐데(도깨비 앱은 당시 잠 안 자는 아이들에게 무서운 목소리로 혼을 내는, 이른바 현대판 망태 할아버지 같은 거다). 아이가 세 살 때로 돌아간다면 다시는 도깨비 같은 걸로 아이를 겁먹게 하지 않으리라. 잘 몰랐던 그 시절이 너무 아쉽고 미안하다.

열 살이 된 아이는 이제 더 이상 잠드는 것이 어렵지 않다. 운동을 한 날은 머리를 대자마자 곯아떨어지기도 한다. 그러나 나름 마음이 힘들었던 날은 "엄마, 마사지해 줘."라고 한다. 그러면 나는 항상 오렌지 향을 고른다. 따뜻한 오렌지 향이 얼마나 위로가 되는지 모른다.

작은
숲속의
달빛

꽃에서 추출한 오일 중 가장 좋아하는 향은 로즈 오일과 자스민 오일이다. 이 두 가지 향을 맡으면 금세 따뜻하고 행복한 기운이 단전에서부터 올라온다. 같은 향이라도 몸의 컨디션이나 기분에 따라 좋게도 나쁘게도 느껴지는데, 이 두 향만큼은 한결같이 좋은 편이다. 둘 중 더 좋아하는 향은 '자스민'이다. 맨 처음 자스민 오일을 시향했을 때는 별로 끌리지 않았는데, 마음이 힘들 때 맡았던 자스민 향은 그렇게 향기롭고 좋을 수 없었다. 그 때는 무기력과 우울감으로 감정이 한없이 가라앉던 시기여서 내게 필요한 향이라 좋게 느껴졌다. 사람의 감정 상태에 따라 향을 받아들이는 마음도 달라질 수 있다는 사실을 또 한 번 체득했다.

자스민 꽃잎에서 추출한 아로마 오일은 베이스 노트의 묵직하고 진한 꽃 향을 지녔다. 동물적인 향도 살짝 코끝을 스치는데 굉장히 관능적인 느낌을 준다. 동물적인 향은 '좋다', '안 좋다'로 구분하는 것이 아니라 낯선 듯 낯설지 않은, 하지만 강렬한 지점이 있다(향을 표현하는 일이 참 쉽지가 않다!). 그 향의 정체가 무엇인지 몰라 전체적인 느낌 마지막 부분에 작은 물음표가 남았었는데 공부를 하면서 알게 되었다. 미지의 그 향은 '인돌(indole)'이라는 성분이 내는 향이었다. 인돌은 자스민, 네롤리, 뮈게처럼 향이 무척 좋은 꽃 속에 들어 있는 방향성 화합물로, 사람의 분비물인 '똥

(!)'에도 들어 있다고 한다. 꽃과 똥이라니. 가장 아름다운 것과 가장 더러운 것에 공존하는 이 역설적 상황 또한 자스민 향을 특별하게 하는 것 같다. 그래서 자스민 향이 관능적이며 동물적으로 느껴진다고 표현하는가 보다. 어떤 책에서는 이를 따뜻한 머스크 향(사향)이라고도 표현한다.

다양한 유기 화합물로 구성된 만큼 자스민은 향이 풍부하고 치유적 효과 또한 뛰어나다고 알려져 있다. 나는 자스민 향이 밤과 어울린다고 느껴져서 주로 밤에 사용하곤 했다. 잠들기 전에 따뜻한 물로 샤워를 한 뒤, (여유가 허락된다면) 아몬드 오일에 자스민 오일을 몇 방울 섞어 전신에 발라 준다. 그러면 기분 좋은 향이 나는 부드러운 가운으로 몸을 감싼 느낌이 든다. 몸을 둘러싼 향이 공간을 가득 채우면 잠드는 시간까지 행복한 기분이 든다. 단점이라면 가격이 고가라는 점. 하지만 우울감을 떨쳐버리고 기분을 한껏 올릴 수 있다면 기꺼이 지불할 가치가 있지 않을까.

자스민 오일은 향이 워낙 강해서 너무 많은 양을 사용하거나 원액 그대로 피부에 적용하면 오히려 역효과가 난다. 얼굴에 적용할 때는 로션이나 에센스 한 병에 자스민 오일을 딱 한 방울만 떨어뜨려 사용하는 것이 가장 좋은 방법이다. 바디에 적용할 경우 한 번 사용할 양의 식물성 오일 또는 향이 없는 바디로션에 자스민 오일을 한두 방울 떨어뜨려 희석해 발라 준다. 가라앉은 기분이나 감정을 올리고 싶거나 특별한 분위기를 연출하고 싶다면 아로마 램프(물에 오일을 떨어뜨리고 그 아래 티라이트를 켜 발향시키는 법)를 추천한다. 자스민 향이 가득한 공간은 고급 스파에 와 있는 듯 느끼게 해 상상만 해도 기분이 좋아진다.

자스민 꽃은 동 트기 전의 향이 가장 풍부하고 진하다고 한다. 때문에 이른 밤부터 새벽까지 수확을 하며, 일일이 손으로 꽃을 따야 하는 수고로운 과정을 거친다. (왜 고가인지 이해가 가는 부분이다) 그래서 인도에서는 자스민을 '작은 숲속의 달빛'이라고 부른다. 달밤에 자스민 향 가득한 들판에서 꽃을 따는 장면을 상상해 보니 황홀감이 느껴지기도 한다. 왠지 그곳에서 꽃을 따다가 눈이 맞는 로맨스가 생길 것도 같고!

이렇게 수확된 자스민 꽃에서 용매 추출법 또는 수증기 증류법을 이용해 아로마 오일을 추출한다. 옛날에는 주로 '냉침법(enfleurage)'이란 추출법을 사용했다. 영화 〈향수〉에 다양한 오일 추출법들이 등장하는데, 그중 꽃잎을 산처럼 쌓아두고 '냉침법'으로 작업하는 장면이 나온다. 냉침법은 유리판 위에 기름(lard, 라드)을 얇게 펴 바르고, 그 위에 꽃잎을 한 장 한 장 펼쳐 놓는다. 기름을 바른 또 다른 유리판을 펼쳐 둔 꽃잎 위에 올려 두고 며칠

이 지나면 꽃잎 속에 숨어 있던 향 성분(오일)이 지방에 흡수된다. 시든 꽃잎은 제거하고 새로운 꽃잎으로 교체해 주는 작업을 30~40회 정도 되풀이하면 기름에 향 성분이 가득 흡수되어 포화 상태에 이른다. 이를 포마드(pomade)라 한다. 다시 알코올로 정화해 앱솔루트(absolute) 상태의 고농도 향기 물질, 즉 아로마 에센셜 오일을 얻을 수 있다.

로즈나 자스민의 꽃잎은 열에 약하기 때문에 수증기 증류법보다 주로 용매 추출법이나 냉침법을 사용한다. 추출 과정의 수고로움뿐 아니라 꽃잎에서 추출되는 오일의 양이 극히 적기 때문에 꽃에서 추출한 오일들이 고가일 수밖에 없다. 만약 로즈, 네롤리, 자스민처럼 꽃에서 추출한 오일을 구입할 때 그 가격이 지나치게 저렴하다면 인공향 또는 비슷한 향을 지닌 저가의 오일이나 식물성 오일과 섞음질했을 확률이 높다.

꽃은 식물에 있어서 생식계로 분류된다. 따라서 꽃에서 추출한 오일 대부분이 사람의 신체 중 생식계에 긍정적인 영향을 준다. 특히 자스민 오일은 출산할 때 통증을 줄여 주고 분만을 촉진(시간 단축)시키는 효과가 있어 출산 시 가장 유용한 오일로 알려져 있다. 또 천연 최음제, 천연 항우울제라는 별명을 갖고 있을 만큼 자신감과 행복감을 불러일으키는 데도 도움을 준다.

단독으로 사용해도 좋지만 자스민 오일의 정수는 다른 오일들과 블렌딩했을 때 드러난다. 내가 가장 좋아하는 조합은 '버가못, 바질, 자스민'을 블렌딩했을 때다. 스트레스를 줄여 주는 고급스러운 향의 버가못 오일, 극도의 정신적 피로감 속에서도 집중할 수 있게 도와주는 톡 쏘는 바질 오일, 자신감을 북돋아 주는 따뜻한 자스민 오일. 피로감을 느끼면 기분이 급격히 다운되는 나에게 가장 필요한 조합이다. 자스민은 아주 소량 사용했을 때 그 효과가 극적이다. 블렌딩 마지막에 한 방울을 넣었을 때 개성있는 각각의 향들을 잘 어우러지게 하면서 뒤에서 따뜻하게 받쳐 주어 전체적인 느낌을 풍성하게 완성해 준다.

향을 이용한 아로마테라피를 하면서 기분이 전환되고 몸을 움직일 의지가 생기고 떨어졌던 에너지가 회복되면서 자연스럽게 우울감이나 무기력한 기분을 떨치는 과정을 경험한다. 악순환이 선순환으로 전환되는 그 지점에서 '좋아지고 있어.'라는 기대감과 의지가 생기는 것 같다.

왠지 자신감이 떨어진다고 느낄 때, 용기를 내고 싶을 때 또는 특별한 상황에서 좀 더 관능적이고 싶을 때는 꼭 자스민 오일을 사용해 보길 권한다. 작은 숲속의 달빛이라 불리는 자스민 꽃의 에너지를 듬뿍 얻을 수 있을 것이다.

아로마 오일
끝까지
사용하는 법

아로마 오일을 사용하는 방법은 여러 가지다. 코로 향을 맡는 '흡입법'과 피부에 발라 흡수시키는 '마사지법', 그 외에 목욕할 때 사용하는 '목욕법'과 젖은 수건에 흡수시켜 사용하는 '습포법' 등이 있다.

아로마테라피를 가장 쉽게 즐길 수 있는 흡입법은 티슈나 화장솜, 옷깃 같은 섬유에 에센셜 오일을 떨어뜨려 향을 맡는 방법이다. 스트레스, 기분 전환, 숙면 등 신경계 문제에는 이런 건식 흡입법이 꽤나 효과적이다. 예를 들어 잠들기 전 숙면에 좋은 아로마 오일을 화장솜에 떨어뜨려 베갯잇 안에 넣어 주면 향이 은은하게 퍼져 몸과 마음이 이완되면서 편안하게 잠들 수 있다. 공부나 업무 때문에 생긴 정신적인 피로감 또한 아로마 향을 맡는 것만으로 스트레스를 낮춰 주고 기분 전환을 할 수 있다.

새로운 사람을 만나거나 새로운 장소에 갈 때 혹은 많은 사람들 앞에서 발표를 해야 할 때는 오렌지나 라벤더 오일처럼 긴장을 풀어 주는 향을 윗옷 주머니나 옷깃에 한두 방울 떨어뜨려 발향시키면 심신이 안정되면서 긴장을 푸는 데 도움이 된다. 반대로 집중력이 필요하거나 합리적인 판단을 해야 할 때는 레몬이나 로즈마리 같이 뇌를 각성시켜 주는 향을 흡입하면 된다.

흡입법은 비염 같은 호흡기 문제에도 사용한다. 위에서 설명한 건식 흡입법도 좋지만 더 드라마틱한 효과를 보려면 따뜻한 물에 오일을 떨어뜨려 그 증기를 흡입하면 된다. 예를 들어 코막힘 같은 감기 증세나 비염이 있다면 머그컵에 따뜻한 물(커피 끓일 때 온도에서 한 김 식히고 나서)을 받고 유칼립투스나 페퍼민트 오일을 딱 '한 방울' 떨어뜨려 준다. 그리고 머그컵 입구를 손으로 막고 조그마한 틈을 만들어 거기에 코를 대고 증기를 쐰다. 눈에 들어가면 자극적일 수 있으니 눈을 감고 하는 게 좋다. 코막힘이 심한 아침, 저녁에 한 번씩 증기 흡입을 하고 향을 수시로 맡아 주면 호흡이 편안한 하루를 보낼 수 있다. 다만 증기가 호흡기를 자극해 기침을 할 수 있으니 천식이 있는 사람은 마사지법이 좋다. 증기법이 귀찮으면 솜에 떨어뜨려 수시로 향을 맡는 것만으로도 콧속 부기를 줄여 한결 숨쉬기 편해진다.

아로마 램프를 이용한 확산법도 있다. 오일 버너 또는 아로마 버너라고도 하는데, 접시에 '따뜻한 물'을 담아 아로마 오일을 떨어뜨리고 밑에서 티라이트(양초)를 켜 물을 따뜻하게 데워 향을 발산시키는 방식이다. 온도가 올라가면 물이 증발하면서 오일도 함께 공기 중으로 확산된다. 방이나 거실 같은 공간을 향으로 채울 수 있는 방법 중 가장 효과적이다. 따뜻한 물을 사용하는 이유는 찬물일 때보다 초를 켜 두는 시간을 줄일 수 있어서다. 초는

30분 정도만 켜 두어도 충분하며, 초를 끈 후에는 반드시 환기시켜 준다. 비슷한 확산 방식으로 아로마 전용 가습기를 사용하는 방법도 있다.

가구나 조명, 커튼 같은 소품으로 인테리어에 변화를 주어 공간을 바꾸는 방법도 있지만, 새로운 향으로 공간을 채우는 것으로도 공간의 느낌을 바꿀 수 있다. 향기는 감정을 변화시키고 기억 속에 오래 남기 때문에 좀 더 인상적인 느낌을 주고 싶다면 공간에 향을 이용해 보기를 추천한다. 다만 목적에 따라 향을 잘 골라야 한다. 예를 들어 이성과 로맨틱한 시간을 보내고 싶을 때 레몬이나 페퍼민트 같은 향을 선택하지는 말자. 냉철한 이성과 합리적인 판단에 도움되는 향이다. 이때는 자스민이나 일랑일랑, 로즈 또는 샌달우드 같은 향이 좋다. 감성을 올려 주고 마음을 말랑말랑하게 이완시켜 주는 향이다. 이 향들은 천연 최음제라는 별명이 있는 만큼 부부 또는 연인이 이 오일을 사용해 서로 마사지를 해 주면 좋다. 너무 앞서 생각하지 말자. 마사지에는 손 마사지, 발 마사지도 있다.

아로마테라피를 즐기는 두 번째 방법은 마사지법이다. 아로마 오일을 호호바 오일이나 아몬드 오일 같은 식물성 오일에 희석하여 피부에 적용하는 방법이다. 아로마테라피를 즐기는 가장 쉬운 방법이 흡입법이라면 마사지법은 아로마테라피 효과를 최고로 끌어올릴 수 있는 방법이다.

어떨 때 마사지법을 적용할까? 사실 거의 모든 문제에 좋다고 할 수 있다. 나는 주로 경직된 근육을 풀어 주거나 통증 부위에, 그리고 숙면을 위해 잠들기 전 발바닥과 종아리를 마사지해 준다. 두통이나 생리통, 복통, 근육통 같은 모든 통증 부위에 마사지 법을 사용할 수 있다. 또한 부종을 없애는 림프 마사지뿐 아니라 스트레스가 심할 때 몸을 이완시켜 주는 유용한 방법이다.

그런데 아로마 오일은 고농축액이기 때문에 원액을 그대로 사용하면 자극적일 수 있다. 사람마다 피부 타입이 다르고 아로마 오일 역시 자극성이 다르므로 안전하게 사용하기 위해 반드시 식물성 오일, 로션, 크림 등에 희석해서 사용하는 것을 원칙으로 한다. 민감한 피부라면 사용 전 패치 테스트(팔 안쪽에 바르고 하루 정도 지켜본다)를 해야 한다. 다만 라벤더 오일이나 티트리 오일은 자극이 거의 없어 상처 같은 국소 부위에 원액을 바르기도 한다.

안전하게 희석하는 방법은 얼굴에 사용할 때에는 1% 이내, 몸에는 3% 이내로 한다. 농도를 계산하는 방법은 우선 오일 원액 '1ml는 20방울'이라는 것을 기억해두자. 만약 10ml의 페이스 오일을 만든다면 10ml의 1%는 0.1ml이므로, 베이스 오일 10ml에 아로마 오일 2방울 이하를 넣으면 된다. 바디 오일 20ml를 만든다면 베이스 오일 20ml의 3%는 0.6ml이므로 에센셜 오일을 12방울 이하를 넣으면 된다. 사실 이렇게 계산하는 일이 번거로울 수 있다. 아니, 실제로 번거롭다. 계산하다 보면 차라리 이미 조제된 것을 사서 쓰는 게 낫다는 생각이 들 수도 있고, 번거로우니 그냥 사용하지 말자는 생각이 들어 냉장고에 처박아 둘 수도 있다.

이제부터 진짜 쉬운 방법을 알려 주겠다. 얼굴에 사용할 때는 사용하는 에센스나 페이스 오일에 한두 방울만 넣어 사용한다. 몸에 사용할 경우에는 만들려는 마사지 오일의 양을 반으로 나눈 수만큼 넣는다. 만약 허리 통증에 바를 마사지 오일을 10ml 정도 만들고 싶다면 아로마 오일을 5방울 넣으면 되고, 스트레스를 풀기 위해 전신에 바를 마사지 오일을 20ml 만들고 싶다면, 아로마 오일을 10 방울 넣으면 된다.

'아, 이것도 계산하기 싫다!'는 생각이 드는가? 그래도 포기하지 말자. 더 쉬운 법이 있다. 그냥 손바닥에 바디 로션이나 바디 오일을 덜어내고 아로마 오일을 한두 방울만 넣어서 사용하는 것이다. 너무 쉽지 않은가? 예를 들어 늘 아픈 어깨와 목 근육에는 아몬드 오일을 한 번 펌핑하고 페퍼민트 오일 한 방울만 떨어뜨려 사용해도 효과가 충분하다. 이 과정을 너무 귀찮아하지 말자! 자신을 사랑하는 마음으로 마사지를 해 주면 분명 힐링의 시간이 될 것이다.

가끔 강의 중 비누나 천연 화장품 같은 제품을 만드는 시간이 있다. "이제, 아로마 오일을 다섯 방울 넣으세요."라고 알려드려도 막 오일병을 흔들어서 많이 넣는 분들이 있다. "아악! 그러면 안 됩니다!!" 하고 말려도 소용이 없다. 이건 절대! 오일이 아까워서 하는 말이 아니다. 아로마 오일을 많이 넣는다고 효과가 더 좋아지는 게 아니기 때문이다. 아로마테라피에 사용하는 아로마 오일은 늘 '적정량'을 사용했을 때 효과도 좋고, 안전하게 사용했을 때 부작용이 없다.

어린이나 노인처럼 피부가 민감한 경우 위에서 설명한 용량의 반 정도만 사용하면 된다. 예를 들어 밤에 아이를 푹 재우기 위해 발 마사지를 한다면 식물성 오일에 아로마 오일을 한두 방울만 섞어 사용한다. 아이가 성장통으로 힘들어 할 때마다 아몬드 오일에 페퍼민트와 오렌지 오일을 한 방울씩 떨어뜨려 마사지해 주었다. 갓난아기의 몸을 마사지해 줄 경우에는 호호바 오일 같은 식물성 오일만 사용하고, 아로마 오일은 적어도 2세 이상이었을 때 사용하는 편이 좋다.

나는 반신욕을 굉장히 좋아한다. 아이를 키우다 보면 늘 아이 씻기기 바빠 샤워만 하지만 여행을 가면 다르다. 욕실에서 아로마 오일을 발향시키고 따끈한 물에 여유 있게 몸을 담근다. 그러면 경직됐던 몸이 풀어지면서 몸도 기분도 몰랑몰랑해진다. 반신욕은 특히 날이 추워지는 계절에 너무 좋다. 잠들기 전 몸의 온도를 올려 주면 긴장하고 경직됐던 근육이 이완되면서 숙면에 도움이 된다. 보통은 40도 정도 되는 따끈한 물을 배꼽 높이까지 받고 라벤더와 오렌지 오일을 물에 섞어 준다. 아로마 오일은 물에 섞이지 않기 때문에 분산제를 넣어 사용해야 하는데, 내가 사용하는 방법은 소주컵 분량의 청주에 아로마 오일을 섞은 뒤 물에 넣어 분산시키는 것이다. 또 다른 방법으로는 히말라야 솔트 같은 소금에 미리 에센셜 오일을 스며들게 해 둔 뒤 목욕할 때마다 조금씩 물에 녹여 사용한다. 상황이 여의치 않을 때는 따끈한 물에 족욕만 해 주어도 순환에 좋고 피로가 풀린다. 전신욕이나 반신욕을 할 때는 아로마 오일을 10방울 내외로, 족욕이나 수욕은 3~5방울 정도 사용하면 된다.

또 한 가지, 간밤에 잠을 잘 못 자서 아침에 유독 피곤할 때 아로마 오일을 사용하는 방법이 있다. 바디 클렌져나 샴푸에 아로마 오일을 한두 방울 섞어 사용하면 기분 좋게 몸과 마음이 각성되는 효과를 느낄 수 있다. 머리가 무거울 때, 컨디션이 좋지 않을 때도 잠시 동안 피로가 해소되는 느낌이다. 이때는 오렌지, 레몬, 페퍼민트, 로즈마리 오일이 좋다.

　마지막으로 열이 날 때 유용한 습포법이 있다. 습포법은 미열이 있거나 두통이 있을 때 좋다. 분산제는 필요하지 않다. 미지근한 물에 라벤더 오일과 페퍼민트 오일을 5~6방울 떨어뜨리고 잘 휘젓는다. 그리고 손수건을 물 위로 휘휘 젓듯이 아로마 오일을 흡수시키고 물을 짜낸 뒤, 이마 위나 열감이 있는 곳을 감싸 준다. 아이가 미열이 있을 때 해열제 대신 많이 사용했던 방법이다. 아로마 오일을 흡수시킨 젖은 손수건으로 아이의 두 발을 감싸 주면 신기하게도 열이 잘 내렸다. 너무 고열일 때는 약을 먹거나 병원에 가야 하지만 조금 신경 쓰이는 미열에는 이 정도로도 효과가 좋다. 라벤더와 페퍼민트 오일은 차가운 성질이 있어 열을 내려 주고 진통 효과도 있다. 집에 상비약처럼 가지고 있으면 활용할 일이 많은 오일이다. 스트레스로 머리가 과열되거나 두통이 있을 때도 습포법이 효과적이다.

*상비약처럼 활용하기 좋은 아로마 오일
페퍼민트 오일, 오렌지 오일, 라벤더 오일, 티트리 오일

아로마 오일
구입법

강의에서 가장 많이 받는 질문은 "아로마 오일을 어디서 구입하고, 어떤 기준으로 골라야 하냐?"는 것이다. 요즘은 주로 온라인에서 많이 구입하는데, 검색을 하면 그 종류가 너무 많고 가격도 천차만별이라 어떤 걸 선택해야 하는지 판단하기 어렵다는 것이다.

내가 처음으로 아로마 에센셜 오일을 구입할 때는 '아이허브'라는 미국 사이트를 이용했다. 아이가 태어났을 즈음이었으니 십 년 전이었다. 아이가 코감기에 걸리면 숨쉬기 힘들어 밤에 몇 번씩 깨어났다. 코감기에 좋은 아로마 블렌딩 오일이었고, 좋은 평이 많아서 후기를 믿고 구입했다. 사용해 보니 정말 후기에서 말하는 것처럼 효과가 좋았다. 그 뒤로도 한참동안 이 오일은 우리 집 필수 상비약이 되었다.

이렇게 후기가 좋은 아로마 오일을 선택하는 것도 방법이 될 수 있다. 또는 이미 잘 알려진 아로마테라피 브랜드는 믿고 사도 된다. 아로마 오일의 원산지가 주로 유럽이나 미국, 호주가 많으니 그 나라에서 유명한 브랜드 또는 아로마테라피스트가 자신의 이름을 걸고 만든 브랜드도 신뢰할 수 있다.

직구로 아로마 오일을 구매하던 십 년 전과는 달리 지금은 국내에서도 쉽게 구입할 수 있다. 다만 아로마 오일을 살 때 꼭 확인해야 할 것들이 있는데, 먼저 오일 병에 붙은 라벨을 확인하는 것이다. 제대로 만든 아로마 오일은 라벨에 필요한 정보가 정확히 기재되어 있어야 한다.

우선 식물명(예: 라벤더 오일)과 학명(예: *Lavendular angustifolia*)을 확인한다. 식물의 종이 다르면 구성 성분도 다르기 때문에 어떤 종류의 식물에서 추출되었는지 확인하는 것이다. 식물의 추출 부위(예: 꽃봉오리)와 추출 방법(예: 수증기 증류법)을 확인하고, 용량, 원산지, 제조회사명, 제조날짜(또는 유통기한)가 빠짐없이 적혀 있는지 본다. 국내에서 제조하고 판매하는 회사들은 인증을 받은 후에 판매할 수 있으므로, 시험성적서를 확인해 보는 방법도 있다.

진짜 에센셜 오일은 성분을 변화시키거나 다른 물질을 첨가하지 않아야 한다. 라벨에 '100% Natural' 또는 '100% Pure'라고 적힌 경우다. 100% 내추럴(Natural)이라 함은 인공 향료, 희석제, 유화제 등 다른 합성 첨가제가 없음을 의미한다. 실제로 시중에는 알코올이나 식물성 오일에 희석해서 저렴하게 판매되기도 한다. 또 100% 퓨어(Pure)는 유사한 에센셜 오일을 첨가하지 않았다는 뜻이다. 예를 들어 라벤더 오일에 라반딘(Lavandin)이라는 상대적으로 저렴한 오일을 첨가하면 안 된다. 제대로 된 에센셜 오일은 라벨에 명시된 식물만을 반영해야 하고 같은 이름이거나 향이 비슷한 다른 식물을 섞으면 안 된다. 이런 걸 '섞음질'이라고 표현한다.

장미꽃에서 추출한 오일, 즉 로즈 오일의 경우 약 300가지 이상의 유기 화합물로 구성되어 있기 때문에 그 향이 굉장히 풍부하다. 그러나 인공으로 만든 로즈 오일은 우리가 맡는 향 중 가장 좋게 느껴지는 장미의 대표적인 향 성분을 인공적으로 합성해 만들어 낸 것이다. 때문에 자연 향과 비교하면 그 풍부한 느낌을 똑같이 재현할 수 없다. 그런데 어떤 종류의 로즈 오일은 거의 완벽하게 합성되기도 한다. 천연의 로즈 오일은 1kg을 얻기 위해 약 3,000~4,500kg의 꽃잎이 필요하다. 그만큼 가격이 매우 비싸기 때문에 합성 향을 섞어 판매하거나 비슷한 향을 내는 로즈 제라늄이나 팔마로사 같은 오일과 섞음질하기도 한다.

　아로마 오일은 생산지, 생산 방법에 따라 가격이 상이하다. 이는 오렌지 오일과 로즈 오일의 가격이 같지 않다는 뜻이다. 만약 오일 종류에 상관없이 가격이 모두 같거나 터무니없이 저렴하다면 선택하지 않는 편이 좋다. 지나치게 저렴하다면 인공 향료일 수도 있는데 이런 경우 아로마테라피 효과는 없다고 보면 된다.

　아로마 오일을 사기 전에 가능한 향을 직접 맡아보는 것이 좋다. 에센셜 오일은 고농축액이어서 코를 때릴 정도의 강한 향을 갖고 있는데 반해 희석을 했거나 인공 향료의 경우 달콤하고 마일드 하게 느껴질 수 있다. 아주 숙련된 전문가도 섞음질을 알아차리지 못하는 경우도 있으니 라벨 정보나 시험성적서 같은 객관적인 자료를 우선 확인해 본다.

아로마 오일을 싱글 오일과 블렌딩 오일로 표현할 때가 있다. 싱글 오일이란 한 가지 식물의 오일을 말하며 레몬 오일, 바질 오일 같이 한 가지 식물명으로 표기된다. 블렌딩 오일은 여러 가지 종류의 오일을 섞어 놓은 것이다. 아로마테라피에서는 보통 치유적 효과를 목적으로 블렌딩 오일을 만든다. 예를 들어 숙면을 위한 블렌딩 오일이라면 '딥슬립', '꿀잠' 이런 이름이 붙을 수 있겠다. 한때 숙면을 위한 블렌딩 오일을 만들고 8시간 동안 푹 자라는 의미에서 라벨에 'Sleep 8'이라는 이름을 붙였다. 라벤더, 버가못, 마조람, 캐모마일 오일 같은 숙면에 좋은 아로마 오일들을 배합해 완성한 경우를 블렌딩 오일이라고 한다.

블렌딩을 하는 이유는 한 오일에 없는 효능을 다른 오일이 채워 주어 시너지 효과를 내기 때문이다. 싱글 오일만 사용해도 좋지만 좀 더 강한 효과를 느끼고 싶다면 블렌딩 오일을 시도해 봐도 좋다. 아로마 오일을 한 가지 이상 갖고 있다면 그 오일들을 섞어 좋아하는 조합으로 블렌딩 오일을 직접 만들 수 있다.

아로마 향을 즐기는 방법은 내게 필요한 향과 좋아하는 향을 찾아가는 과정에 있다고 생각한다. 그것은 치유를 목적으로 할 수도 있고 좋은 향을 추구하는 감각 그 자체일 수도 있다. 시행착오를 겪으며 어떤 일을 완성하는 것처럼 향을 맡고 이리저리 조합해 보면서 나만의 리스트를 만들어가는 과정을 즐기는 중이다.

제품을 만들 때 가장 어려운 점은 내가 좋다고 느끼는 조합이 사람에 따라 그리고 컨디션에 따라 다르게 느껴진다는 것이다. 그 접점을 찾아가는 것이 이 일의 재미이자 매력이다.

나오며

하고 싶은 대로,
마음먹은 대로

작년에 청소년 강의가 반응이 좋았다. 여러 학교에서 수업 문의를 해왔고, 거의 확정적인 의뢰도 꽤 있었다. 아마 계획대로라면 2020 년 일정의 반은 학교에서 '향기 치료' 수업으로 채워졌을 것이다. 학생 그룹에 따라 커리큘럼을 다양하게 시험해보고 싶었다. 나름대로 큰 기대를 품고 있었다.

2020년 1월 둘째 주, 중학교에서 3일간 방학 특강을 진행했다. 아이들은 아로마 오일로 천연 화장품과 향수를 만들며 아로마테라피를 배웠다. 학생들과 향기로운 시간을 보내고 나왔더니 겨울비가 부슬부슬 내리고 있었다. 짐을 가득 실은 카트 두 개를 끌고 빗속으로 가려는데 한 학생이 주차장까지 짐을 들어 주었다. 고맙다고 말하자, 오늘 만든 향수가 마음에 든다며 더 큰 인사를 받았다. 마음이 훈훈해져 혼잣말로 "아, 뭐야. 동화야 뭐야!" 호들갑을 떨었다.

트렁크에 남은 짐을 정리하고 차에 올라타 라디오를 켜자 중국 우한에서 바이러스가 유행하고 있다는 내용이 흘러나왔다. 재난 영화를 좋아하는 나는 그 순간 〈감기〉라는 영화가 떠올랐다. 중국의 바이러스가 삽시간에 퍼져 전 세계가 팬데믹에 빠지는 모습을 상상하며 '에이, 설마?!' 했다. 그때만 해도 중국의 한 도시에서 발생해 나와는 전혀 상관없는 이야기라고 생각했다. 그리고 그 주의 마지막 날은 '스트레스'라는 주제로 학교 선생님들과 아로마테라피 수업을 진행했다. 그날이 올해의 마지막 강의였다.

한국도 2월부터 코로나 바이러스가 무섭게 퍼져나갔다. 지난 2, 3월을 떠올려 보면 팬데믹 이전과 이후의 세상은 급작스럽게 변했다. 그때 나는 막 나온 제품을 들고 온라인 숍을 준비하고 있었다. 촬영과 사진 보정을 하고 온라인 숍에 제품을 하나하나 올리다가 한숨 돌리던 날이었다. 빠밤! 코로나 대확산의 시작을 알리는 요란한 뉴스 타이틀이 포털 사이트들을 장식했다. 기사 제목을 빠르게 스킵하며 보던 나는 심장 박동이 빨라졌다. 바로 내일을 예측할 수 없을 정도로 분위기가 급박하게 돌아갔다.

이제 시작인 내 사업은 어떻게 되려나. 오픈 첫 달은 지인들이 구입해 주어서 말하자면 오픈발 매출이었다. 그런데 코로나가 확산되던 그 다음 달은 매출이 0원! 0원이었다. 작년은 강의로 벌어들인 부수입이 있어서 강의료를 그대로 제품 만드는 데 투입할 수 있었는데, 올해는? 강의 수입도 0원, 제품 매출도 0원. 야호! 올 빵이다! 하, 참혹하다 참혹해. 아무리 적극적인 홍보를 시작하지도 못했다지만 100원도 아니고 1,000원도 아닌 0원이 주는 충격은 지진이 없는 한국에서 진도 6의 지진을 직격으로 맞은 기분이었다.

겉으로 쿨한 척, 괜찮은 척하려고 해도 현실은 그렇지 않았다. 지인을 만나 입만 열면 나도 모르게 "매출이 0원이에요."라고 말했다.

궁색스럽게 말이다. 코로나로 모두 침체되어 있는데 "저희 제품을 사 주시겠어요?"라고 해맑게 홍보하는 것도 힘든 일이었다. 마음이 몹시 불편했다. 나의 창업은 시작도 미약하고 끝도 미약하네. 정말 이렇게 끝나 버리나……

퇴근해 무거운 마음으로 집에 오는 길이었다. 어느 때처럼 라디오를 틀어 놓고 있었다. 라디오에서 아나운서가 말했다.

"행복의 한쪽 문이 닫히면 다른 쪽 문이 열린다. 그러나 흔히 우리는 닫힌 문을 오랫동안 보기 때문에 우리를 위해 열려 있는 문을 보지 못한다."

헬렌 켈러가 한 말이라고 했다. 내가 처한 상황 때문인지 그 말이 유난히 머릿속에 남아 집으로 오는 내내 그 의미를 곱씹었다.

그리고 얼마 뒤 한 전시회에 제품을 홍보할 수 있는 제안을 받았다. 강연을 하게 되었고, 책 출간 계약도 했다. 코로나가 잠시 잠잠한 시기에는 서울, 경기도에서 열리는 로컬 마켓에 참여해 아로마테라피를 알릴 수 있는 기회를 얻었다. 어려운 상황에서 예상하지 못한 일들이었다. 정말 한쪽 문이 닫히자 다른 쪽 문이 열리는 순간이었다.

진실로 인생은 알 수가 없었다. 모든 게 그랬다. 여행에서, 그것도 길에서 만난 사람과 연애 끝에 결혼을 하리라고는 상상도 못했다. 또 그 사람의 유학 생활에 합류해 낯선 나라에서 새로운 언어를 배우고 아기를 낳고(내가?) 큰 사고를 겪고 고통과 회복을 반복하면서 나를 잃어버렸다가 다시 찾았다. 그 가운데 정말 의미 있고 설레는 일을 찾아 평생 하고 싶은 일을 직업으로 만들고 있으니! 이 중에 내가 예측했고 계획했던 일이 하나라도 있었던가.

10여 년 간의 길지 않은 시간 동안 인생의 업다운이 수도 없이 왔다 갔고, 그 안에서 '이 또한 지나가리라'도 조금 배운 것 같다. 그렇다고 내가 그 어떤 사건 사고에도 의연하게 대처하느냐 묻는다면 그건 또 아니다. 아마도 10년, 20년 뒤에는 그렇게 되지 않을까 소망해 볼 뿐이다. 나란 사람은 여전히 미숙하다.

마흔이 되고부터 '사는 게 재미있네.'라는 생각을 한다. 어릴 때는 어리석고 부끄러운 기억이 많은데, 지금은 예전에 비해 단단해진 느낌이고 흔들리지 않을 힘이 좀 더 생긴 것 같다. 과거보다 덜 우왕좌왕하는 느낌이다. 내가 아로마테라피를 공부하게 된 이유는 내가 나를 세우는 힘을 키우고 싶어서였다. 내가 나로서 온전하게 그리고 건강하게 살고 싶은 이유였다. 아이도 그 모습을 보고 자기다움으로 당당히 커나가면 그것보다 좋은 건 없겠다 생각했다.

아로마테라피 브랜드를 만들었던 것은 나와 같은 어려움을 겪는 사람들에게 향기로 치유 받았던 경험을 나누고 싶어서였다. 세상에는 치유의 방법이 아주 많지만, '이런 방법도 있어요.'라고 조금은 다정하게 말해 주고 싶었다. 향을 맡는 것만으로 치유가 된다는 건 얼마나 좋은 일인가. 주사처럼 따끔하지도, 알약을 삼키는 것 같은 수고로움도 없이 그저 향을 맡으면 기분이 좋아지고 덩달아 몸도 좋아지니 말이다.

아로마 오일을 추천해 주는 일은 정말 매력적이다. 우선 사람의 이야기를 들어야 한다. 보통은 어딘가 불편해서 아로마 향을 찾는 사람들이 많다. 몸의 불편함이든 마음이든 그 불편함의 원인을 알아보기 위해 이야기를 듣는 것이다. 원인이 한 가지일 수도 있지만 대게는 복합적이다. 상담을 하는 중에 문제가 해결되는 부분도 있다. 마음속에 이미 답을 갖고 있는 경우다. 나는 그저 들어 주었을 뿐인데 한결 밝아진 상대의 표정을 보면 내 마음도 밝아진다.

짧지 않은 시간 상담을 통해 얻은 정보를 바탕으로 그 사람에게 도움이 되는 아로마 향을 추천한다. 그리고 향에 대해 하나씩 설명하고 향을 맡아 보게 한다. 이렇게 함께 필요한 향을 찾아가는 과정이 정말 좋다. 향을 잘 골라서 효과가 좋았다는 피드백을 받을 때 가장 기쁘다. 내가 나를 소개할 때 '아로마테라피스트이자 아로마 큐레이터'라고 부른다. 향을 추천해 주는 일이 누군가를 도울 수 있는 일이라고 생각한다.

올해 코로나19가 없었다면 어쩌면 계획대로 외국에 나가 아로마 에센셜 오일 원산지를 찾아 다녔을지도 모른다. 제품 홍보를 하러 더 바쁘게 활동하고 기획한 프로젝트도 더 활발히 진행했을지도 모른다.

모든 사람들을 멈추게 한 코로나 바이러스. 코로나19가 나에게 주는 메시지는 뭘까? 누구는 미래의 시간을 당겨쓰는 거라고 했다. 그저 잠시 멈춤으로 이 시간을 견뎌야 하나 생각한 2020년. 그러나 예상과 달리 그 어떤 때보다 꽉 찬 날들로 보내고 있다. 글을 쓰고 있는 지금 한국은 이전보다 훨씬 심각한 상황으로 치닫고 있다. 확진자 수가 너무 많이 늘어나 이번 주 고비를 잘 넘기지 못하면 사회적 거리두기 3단계로 진입한다고 한다. 3단계는 활동에 더 큰 제약이 오는 것을 의미한다. 사회적, 국가적, 경제적 손실의 여파는 또 얼마나 클까? 나는 어떤 방향으로 가야 할까?

이런 시기에는 내가 할 수 있는 일들을 찾아서 묵묵히 해나가는 것이 답이라는 결론을 냈다. '여유가 생긴다면'이라는 전제로 미뤄둔 공부와 읽을 책들이 많이 있다. 향과 음식으로 만드는 '향식 프로젝트' 책도 완성해야 하고, 무엇보다 내가 가장 해 보고 싶은 일, 즉 아로마를 구독하는 서비스를 준비하는 것도 할 일로 남아 있다. 오프라인 수업은 온라인 공간으로 옮겨볼 생각이다. 그리고 이전보다 가족과 좀 더 농도 짙은 시간을 보낼 수도 있을 것이다. 더 이상 멈춰 서서 '코로나가 끝난다면' 하고 전제를 달고 싶지 않다.

> "좋아하지 않는 곳에 살고 있다면 다른 곳으로 떠나세요. 할 수 있을 때 행복을 찾으세요. 대부분의 사람은 어두운 면이 있지만 비관만 하고 있으면 인생에 그늘이 생겨요. 나는 내가 마음먹은 대로 살아왔고, 매 순간을 충실하게 즐겼어요. 하고 싶은 대로 했기 때문에 사람들은 다른 방식으로 충고해 주었어요. 그럼 나는 '알겠어, 알겠어.' 하고 내가 하고 싶은 대로 살았어요."

영화 〈타샤 튜더〉에 나오는 타샤 튜더 할머니의 말이다. 이 말은 나의 가치관과 꼭 닮아 있다. 삶을 대하는 타샤 할머니의 태도를 정말 좋아하며, 나도 그렇게 살고 싶다.

앞으로 나는 내가 만든 길 위에서, 내가 가고 싶은 방향을 향해 나의 두 발로 꿋꿋이 걸어가고 싶다. 이제 뛰지 않아도 된다는 것을 깨달았으니 그저 지치지 않게, 나만의 속도로 내가 하고 싶은 일을 할 것이다. 그렇게 지나간 길에 좋은 향을 남기며 걸어가고 싶다.

부록

향기를
처방합니다

월요일 아침 휴대전화 알람이 울린다. 출근해야 하는 월요일이라는 생각에 몸을 일으키는 것이 너무 싫다. 그래도 카드 결제일을 떠올리며 힘차게 일어나 본다.

상쾌하게 하루를 시작하고 싶다면

유칼립투스, 레몬, 페퍼민트, 로즈마리, 바질, 레몬그라스, 파인, 그레이프후르츠

전에는 신발을 신으면 출근 준비가 끝났으나 이제는 내 피부가 되어버린 마스크. 코로나19가 없던 일상으로 돌아갈 수 있을까?

마스크 쓰기 답답할 때 마스크 위에 한 방울

유칼립투스, 레몬, 페퍼민트, 그레이프후르츠

결국 팀장이 내 기획안을 반려한다. 안 되는 것부터 생각해내는 데 천부적인 사람이다. 대안도 없이 조목조목 지적만 해대는 팀장의 콧대를 언젠가는 눌러 놓고 사표를 내겠다.

우울할 때, 슬플 때

버가못, 오렌지, 네롤리, 로즈, 라벤더, 클라리세이지

팀장이 벌여 놓은 일로 오늘 협력 업체와 회의가 잡혔다. 서로 일을 적게 가져가기 위한 신경전을 대비하자니 벌써 답답함이 몰려온다. 사람은 왜 그럴까. 서로가 잘 되자고 협력하고 같이 일하는 것인데. 어쨌든 오늘은 협력 업체 김 대리가 일을 많이 가져갔으면 좋겠다.

신경전이 예상되는 미팅을 앞두고

로즈마리, 페퍼민트, 자스민, 파인, 사이프러스

내 고개가 순간 모니터에게 인사를 한다. 시계를 보지 않아도 오후 2시다. 이제 하루 일과가 반밖에 지나지 않았는데 남은 시간을 어떻게 버티지? 어디 가서 잠깐 자다 오고 싶은데 날 쳐다보는 팀장 눈빛이 심상치 않다.

식곤증이 찾아올 때

로즈마리, 레몬, 페퍼민트, 유칼립투스

동료와의 티타임은 마냥 즐겁지 않다. 누군 일어나기도 힘든 새벽에 학원에 다닌다고 하고 누군가는 재태크로 수익이 얼마라고 한다. 같이 일하고 있지만 나만 뒤처지는 것 같고 뉴스에서 나오는 집값은 내 월급으론 언감생심이다.

과한 고민, 걱정, 근심이 있을 때

베티버, 샌달우드, 프랑킨센스, 레몬, 패출리, 제라늄, 버가못, 오렌지 팀장이 퇴근 시간이 다 돼서 외부 회의를 대신 다녀오라고 한다. 선심 쓰듯 차로 다녀오라는데 회사 차로 온갖 생색은 다 낸다. 차라리 택시비를 줄 것이지.

운전할 때

레몬, 페퍼민트, 로즈마리, 바질

하루 일과를 마치고 드디어 집에 돌아왔다. 목과 어깨가 뻐근하다. 그래도 요가 매트 위에 앉아서 아로마 향을 맡으면 하루를 고생한 나에게 주는 선물 같아서 기분이 좋다.

요가나 명상할 때

프랑킨센스, 미르, 샌달우드, 사이프러스, 파인, 버가못 잠자리에 누웠는데 아침에 반려된 기획안을 마무리하지 못한 것이 떠올랐다. 외부 회의가 아니었으면 끝내고 퇴근할 수 있었는데……. 내일은 일찍 출근해서 일을 해야 하나? 잘 준비를 끝냈는데 잠이 오지 않는다. 그래도 잠을 청해 봐야지. 수고했다. 오늘도.

잠들 수 없을 때

라벤더, 오렌지, 로즈, 일랑일랑, 프랑킨센스, 로만 캐모마일, 샌달우드, 네롤리, 마조람

편히 쉬고 싶을 때

라벤더, 샌달우드, 오렌지, 네롤리, 일랑일랑, 패츌리, 캐모마일, 버가못, 사이프러스

식욕을 떨어뜨리고 싶을 때

그레이프후르츠, 베티버, 패츌리

용기를 내고 싶을 때

로즈마리, 오렌지, 주니퍼베리, 자스민, 로즈, 제라늄, 레몬

사랑에 빠지고 싶을 때

자스민, 로즈, 일랑일랑, 샌달우드, 클라리 세이지

분노, 신경질이 느껴질 때

라벤더, 오렌지, 프랑킨센스, 그레이프후르츠, 제라늄, 버가못

불안감, 염려, 긴장이 있을 때

버가못, 일랑일랑, 패츌리, 사이프러스, 라벤더, 네롤리,

캐모마일, 오렌지, 자스민, 클라리 세이지, 그레이프후르츠, 로즈, 레몬

행복해지고 싶을 때

오렌지, 자스민, 로즈, 버가못, 네롤리,

클라리 세이지, 일랑일랑, 그레이프후르츠, 라벤더, 레몬

집중하고 싶을 때

레몬, 페퍼민트, 로즈마리, 유칼립투스, 바질

정신적 피로감이 너무 높을 때, 만성피로

바질, 버가못, 진저, 그레이프프룻, 레몬, 페퍼민트, 로즈마리, 제라늄,
라벤더

시차 적응

일랑일랑, 그레이프후르츠, 제라늄, 페퍼민트

벌레 물린데

티트리, 라벤더

옷장이나 신발장 안 좋은 냄새를 없앨 때 화장솜에

라벤더, 티트리, 유칼립투스, 로즈마리

청소할 때 걸레 위에

티트리, 레몬, 라벤더

세탁할 때 섬유유연제 대신

라벤더, 로즈마리, 제라늄, 유칼립투스

음식 냄새 제거에 스프레이 안에 톡톡

레몬, 티트리, 페퍼민트, 유칼립투스

봄

앞으로 나아가는 데 힘을 주는 향

파인, 로즈마리, 주니퍼 베리, 사이프러스, 자스민,

오렌지, 그레이프후르츠, 레몬

여름

더위에 쉽게 지치는 몸과 마음에 활력을 주는 향

레몬, 바질, 로즈마리

벌레를 쫓는 향

유칼립투스, 레몬그라스, 라벤더, 제라늄, 레몬

가을

계절성 우울증을 예방하는 향

버가못, 자스민, 로즈, 오렌지, 로즈마리, 그레이프후르츠, 레몬,

일랑일랑, 네롤리, 제라늄

겨울

면역력을 올려주고 감기 예방에 좋은 향

진저, 레몬, 티트리, 유칼립투스, 클로브

책을 쓰면서 함께한 책

《감각의 박물학》, 다이앤 애커먼, 작가정신, 2004

《악취와 향기》, 알랭 코르뱅, 오롯, 2019

《향기 탐색》, 셀리아 리틀턴, 뮤진트리, 2017

《정원사를 위한 라틴어 수업》, 리처드 버드, 궁리, 2019

《나는 향기가 보여요》, 문제일, arte, 2018

《방탄 사고》, 에카르트 폰 히르슈하우젠, 은행나무, 2019

《아로마테라피 완벽가이드 3rd 에디션 vol 1》, 살바토레 바탈리아,
(주)영국아로마테라피센터, 2019

Medical Aromatherapy: Healing with Essential Oils, Kurt Schnaubelt,
Frog Ltd, 1999

The Complete Guide to Aromatherapy 3rd edition, Salvatore Battaglia, Black

Pepper Creative Pty Ltd, 2018

Aromatherapy for Healing the Spirit: A Guide to Restoring Emotional and Mental

Balance Through Essential Oils, Gabriel Mojay, Henry Holt & Co, 1996

Essential oils for kids and babies, Coral Miller, CreateSpace, 2015

내가 좋아하는 것들,
아로마

초판 1쇄 발행 | 2020년 11월 5일

글	이민희
펴낸이	이정하
디자인	안미경

펴낸곳	스토리닷
주소	서울시 서초구 방배동 934-3 203호
전화	010-8936-6618
팩스	0505-116-6618
ISBN	979-11-88613-17-5 (03810)

홈페이지	blog.naver.com/storydot
SNS	www.facebook.com/storydot12
전자우편	storydot@naver.com
출판등록	2013. 09. 12 제2013-000162

스토리닷은 독자 여러분과 함께합니다.
책에 대한 의견이나 출간에 관심 있으신 분은 언제라도 연락주세요.
반갑게 맞이하겠습니다.